蜜妻乱れ咲く

扇　千里

幻冬舎アウトロー文庫

蜜妻乱れ咲く

目次

第一章　玲子　7
第二章　録音　33
第三章　夫婦の趣味　93
第四章　秘密のビデオ　143
第五章　盗撮　195

第一章　玲子

今宵、妻玲子は男に抱かれる。

春彦はそれを知っている。

「あなた、これでいいと思う？」

化粧を終えた玲子が春彦に意見を求めた。

ダークブラウンに染めた髪の先は肩にかかる長さで軽くウェーブしているが、それをまとめてアップにしている。

化粧は決して濃くない。

上品に整えられた眉の下の大きな目。狭くまっすぐな鼻筋とぷっくりした唇。玲子は生まれながらにして美人の条件を満たしている。

今日は寒い。ふだん春彦は彼女のスカート姿を好むのだが、玲子は黒のタートルネックのセーターの下は黒のスラックスをはいている。

「これいいでしょう？」

買ったばかりのグリーンのロングカーディガンは、近づく春の訪れを予感させる。雪も降りそうな表から室内に入り、コートの下からこのロングカーディガンが現れると周囲はパッと明るくなるに違いない。

ベージュのコートをまとい、薄いグリーンのスカーフを首元に巻く。コートのデザインのせいか、一六三センチの身長以上に背が高く見える。いや玲子のスタイルのせいだろう。妻が水着姿でもすらりと長身に見えることを春彦は知っていた。

鈴木春彦はこの三十五歳の妻を心から愛している。愛しているからこそ、夕暮れの街に送り出すのだ。

「あら、メールだわ」

男からだろう、という春彦の予想は当たった。

「牧原《まきはら》君からだわ」

玲子の声が弾んでいる。そのことがまた春彦の胸を熱くさせた。

「ほら」

メールを読み終わった玲子は、携帯電話を春彦に見せてくれた。

〈会議が早く終わりました。五時二十分には新橋に行けます。そちらはどう？〉

牧原は玲子の高校時代の同級生である。今は大手電機メーカーに勤めている。ふだんは大阪在住だが、月に一度は東京本社に出張してきている。

玲子によると、高校時代は牧原とは言葉も交わしたことがないらしい。

初めて会話したのは大学生になってからだという。玲子も牧原も関西の大学に進んだから、出身高校の関西支部同窓会で顔を合わせることになったのだ。

「憧れていた」

いきなり牧原に告白されたという。

国立大学を目指して脇目もふらずに勉強した時期に、あえて自ら封印した恋心があったということだろう。

玲子は学生時代ずっと「マドンナ」的存在だった。春彦は玲子の女性の同級生からそのように聞かされた。

「玲子の通学路が知られていて、よその学校の男子まで見にきてたんですよ」

とその同級生は自分のことのように誇らしげに話してくれたものだ。

「なんて返信したらいい？」

玲子はメールの内容まで春彦に指示を仰いだ。

「今からならこちらも五時二十分に着くだろう。そう書けば？」

「わかった」

玲子は言われるままにメールを打ち始めた。

昨年のお盆に玲子の郷里で高校の同窓会があり、そこで十数年ぶりに牧原と再会して携帯電話番号とメールアドレスを交換した。

ともに既婚であるから、

「東京に出張するときに連絡しますから、他のメンバーも呼んでプチ同窓会でもどうですか？」

という牧原の言葉を周囲も怪しむはずはない。

だが、実際には牧原は玲子と二人きりで会うことを望んでいた。男とすれば当たり前だ。春彦はそれを責める気はない。

いやむしろ逆だ。大歓迎なのだ。

玲子を自分の妻として迎えられたことは、春彦の人生で一番の幸運に違いない。誰もが認める美人であり、一流私大を出た才媛である。

しかし、春彦は玲子が自分を選んだ理由は、動物の雄としての魅力があったからだとは信じていない。財力と地位という、社会的存在としての面で優れていたというだけだ。もっと直感的なオスとメスの関係では、どれだけ魅力があるのか自分ではいささか自信を持てない春彦なのだ。

結婚して十年と少しになる。子供はいない。それも今の春彦と玲子の夫婦関係には好都合だ。

「ICレコーダー持った？」

「持ったわ。ここに入れてある」

玲子は持っているバッグを示した。

「デジカメ忘れないでね」

「うん。じゃ出かけよう」

夫婦で家を出る。ふだんは車で外出することの方が多いが、今日は電車を使う。地下鉄新橋駅までは一緒に行動する。

新橋で地下鉄を降り、地上に出る前に玲子にICレコーダーの電源を入れさせて録音開始だ。

人ごみの中を玲子の二十メートルほど後ろについて行く。

待ち合わせ場所は新橋駅前に展示してあるSLの前である。

地上に出ると、雪まじりの冷たい雨が降っていた。おそらく、この雨が上がればまた一つ春が近づくに違いない。

雨は春彦には好都合だ。傘で身を隠すことができる。牧原に顔を知られていないはずだが、同じ顔がずっと二人の周囲をウロウロしていてはさすがに怪しまれるだろう。

前を歩く玲子がＳＬの前に佇《たたず》んでいる男に真っ直ぐ向かっていった。その男は玲子の姿を認めて白い歯を見せて会釈した。

牧原だ。

「お久しぶり」

声をかけながら玲子が歩み寄ると、牧原は手で二人がこれから行く方向を示した。駅へ引き返す形になる。

春彦は二人と一緒に方向転換するのも不自然と思い、一度やり過ごすようにすれ違ってから後をつけ始めた。

初めて見た牧原の姿に春彦は満足した。一見紳士である。仕事はできるのだろうが、脂ぎった精力は感じない。つまりギラギラした欲望を剝《む》き出しにするタイプには見えない。一八〇センチ前後の長身でスタイルも良く女性に好感を持たれる容姿である。

そして何より健康そうで、スーツの下に男の持つ当然の欲望が潜んでいることが、春彦にはわかった。

いきなりホテルというわけにはいかないだろうから、まずはどこかで食事だろう。そこでタイミングを見計らって口説き始めるに違いない。

玲子のコートが目印になり、少々距離をとっても見失う心配はないようだ。

春彦の中で一つ緊張が緩んだ。牧原に気づかれる確率がかなり低くなったからだ。

実際、牧原に玲子の亭主であることを気づかれては、かなり面倒なことになる。

春彦には自分のようなタイプの変態が、そう簡単に他の男の理解を得られるとは思えない。

自分の妻を他の男に抱かせて喜ぶ。

寝取られ願望。

春彦はその手の趣味の人の雑誌は読んだことがあるが、実際に自分と同じ願望を持った男に出会ったことはない。

春彦は時々立ち止まり、数十メートル先を行く二人をデジカメで撮影した。

目印にしていた玲子のベージュのコートが駅周辺の人混《ひとご》みを抜けた。

二つの傘は並んで高層ビルの一つに入っていった。そこではかなりの数の飲食店が営業している。

春彦は慌てない。無理に追いついて、一緒にエレベーターに乗っては目立ち過ぎる。傘をたたんでそのビルに入ると、しばらく玲子からのメールを待つことにした。

ビルに入ってすぐの場所に飲食店の写真つき案内板がある。その前に佇みひたすら待つ。

春彦の胸の中は歓喜と悔恨の入り混じった不思議な、それでも甘美な匂いのする感情が巡っていた。

玲子の同級生たちにとって彼女がマドンナであるなら、春彦にとっては女神である。

春彦は結婚以来毎日欠かさず玲子を抱いている。いまだにその女体に耽溺《たんでき》していると言っていい。

玲子自身も春彦にその肉体を開花されたのである。春彦と出会ったころの玲子は女性としてはまだつぼみであった。それが春彦の愛撫を受けるうちに、女の悦びと本当の愛を知ったのである。

春彦は初めて玲子の全裸を観察したとき、

（完璧な女体だ）

と息を呑んだ。

細い首から優しい肩のライン。手足はバレリーナを思わせる伸びやかさを持っているが、決して細過ぎない。

Ｆカップだという乳房はたわわでありながら形も良く、よく「お椀を伏せたような」と表現されるが、大きさ的には「丼を伏せたような」ほぼ完全な半球体である。

腹や腰回りにたるんだ贅肉はない。アスリートの腹を見るようだ。

見事なのはその下に位置する尻である。大臀筋が中から押し上げているのだろう、大きいが垂れていない。

そして特筆すべきは全身の肌だ。キメが細かく真っ白で、磁器を連想させる艶《つや》を持っている。

春彦はこの女体に溺れた。全身を何度も撫でさすり、舌を這《は》わせた。この美しい肉体を弄《もてあそ》ぶことに飽きることはなかった。

そして挿入の瞬間には、この女体を独占する悦びで毎回背筋に電気が走った。

「愛している」

と春彦が雄叫《おたけ》びを上げれば、

「私も、私もよ。愛してるわ」

ふだんの物静かな表情からは想像できないほどの情熱で玲子は応えた。

春彦は玲子との結婚に完全に満足している。

「俺は絶対に浮気しない」

と何度も繰り返し玲子の耳元で囁《ささや》いた。

それが、結婚して五年を過ぎたころ、春彦の中に新たな衝動が湧き上がってきた。

心変わりではない。

玲子への愛は変わらない。いやむしろ、さらに膨らんでいると言っていい。

しかし、いくら抑え込んでもその思いが沸々と込み上げてくるのだった。

ある夜、全裸で抱き合ったまま、

「俺は絶対に浮気しない。玲子だけだ」

といつもの言葉を発した春彦は、続けて、

「玲子の方で浮気してくれ」

と自らの願望を初めて口にした。

そのとき玲子は怒りも驚きもせずに、

「浮気してほしいの？　いや、私は春彦がいい」

と微笑《ほほえ》みながら答え、夫の胸に口づけをしたものだ。

玲子は春彦が冗談を言っていると思ったのだろう。

それから春彦は根気よく毎夜呪文のように同じセリフを口にした。

「俺は絶対に浮気はしない。玲子が浮気してくれ」

玲子も最初と同じセリフと表情で答え続けたが、ある日ついに、

「本当に浮気してほしいの？」

と問い返してきた。

「ああ、本気だ。でも全部俺に報告してくれよ。事後承諾でもいいから」

玲子は初めて不思議なものを見る目で春彦を見た。

「それであなたはいいの？」

「ああ、すごく興奮すると思う。……俺のこと愛しているんだろう？」

「うん、愛してる」

「じゃあ、浮気してくれよ」

春彦の常軌を逸したわがままに玲子は困ったときの笑みを浮かべ、

「だってどうしたら浮気できるかわからないし……」

と言った。

これは脈がある。

「玲子としたがってる男はたくさんいるんだ。誘惑されたら乗ればいいのさ」

春彦はごく当たり前のことを言ったつもりだったが、玲子はすぐには信じなかった。

「そんな人いるかしら？」

男の本音に疎《うと》いのだろう。

「玲子が気づかないだけで、みんなお前とセックスしたがっているんだ。男はみんなお前の裸を見たがる。高校や大学時代の同窓生だって、みんなそういういやらしい目で玲子を見てたんだ。そうに決まってる」

　男は街を歩きながらそれを楽しみにしているものだ。自分好みのいい女を見かけると頭の中でその女を裸にする。

　ましてや毎日学校で目にする美少女に不埒《ふらち》な思いを抱くのは、健康な男子の証拠と言ってもいいだろう。

　玲子はどこから見ても尻軽女の雰囲気はない。清純な女学生から貞淑な妻へと歩みを進めてきた。

　表に出れば目立つ存在であるが、決して派手なわけではない。でありながら、不思議と彼女が身につける物はすべて高価に見えるのだ。

　春彦はそんな妻の雰囲気も自慢だった。

　一般的な男からすれば、玲子は「高めの女」だ。すぐには手が出せない存在なのだ。

　だが同時に、男は「高めの女」を征服したいという願望を持つ。

　自然の摂理だろう。

　春彦は玲子さえその気になれば簡単に男と関係が持てることを力説し続けた。

「でも、誰でもいいというわけでもないでしょう？」

　玲子がそう言い出したときが第二段階だった。

それからは二人で街を歩きながら、

「あの男なんか、どう？」

と道行く男たちの品定めをさせた。

「いやだ！」

最初はどの男を見ても拒否反応しか示さなかった玲子に、

「別に俺と別れてその男と結婚しようって話じゃないんだ。セックスだけなんだから、生理的に嫌悪感を持たなければ大丈夫だろう？」

と言うと、それからは清潔感だけを重視して、

「ああ、あの人はいい感じね」

少し客観的に評価するようになった玲子である。

こうして浮気へのハードルが低くなってきた。

「牧原君とならセックスしてもいいかもしれない」

と玲子が言い出したときに春彦は飛び上がりたいほどの喜びと、脳天を殴られたようなジェラシーの両方を同時に感じた。

それからは牧原に近づく方策を夫婦で考えた。どうせ向こうはその気なのだ。こちらは隙を見せるだけでいい。わざとらしくなく、しかし男が行動を起こさずにはいられないような

雰囲気。

　まずはメールだった。

　同窓会でメールアドレスを教え合ったのにもかかわらず、牧原はすぐにはメールしてこなかった。

（何をかっこつけてるんだ？　その男）

　春彦には滑稽に思えた。その気があってアドレスを聞きながら、紳士を気取る牧原の打算が見え見えである。

　女は欲しいが、下手に動いて嫌われては元も子もない。男の下心は、くだらない自尊心と二人連れでは十分に羽を伸ばせないのだ。プレイボーイと呼ばれる男たちが女を落とせるのは、ふられるみっともなさを織り込み済みの潔さが決め手である。

　春彦は玲子の方から水を向けさせることにした。

〈この前の同窓会は楽しかったですね。その後はお元気ですか？　上京の機会があるときは教えてください〉

　最初はこの程度でよかった。

　牧原はすぐに返信してきた。

　多忙だったと、自分からメールをしなかった言い訳をして、あのときは楽しかっただの、玲子の美しさは変わらなかっただの、長文のメールである。

間を置かずに玲子に返信させると、

〈今度東京出張の折には会いたいですね〉

とこちらの反応を探るようなメールが来た。

〈そうですね。私もお会いしたいです〉

これで十分だ。

牧原は、

(やった!)

と思ったにちがいない。こちらの方こそ思うツボなのだが。

そして実際に出張が決まったという先週から、何度もメールが送られてきた。

落ち合う場所、時刻、玲子は何時までいられるか……。質問事項が次から次へと送られてきた。

春彦は海外出張中ということにした。帰りは何時でも平気だということである。

すべてが決まってからの準備がまた楽しかった。

二人で下着選びから始めた。

デパートで新しい下着を買い揃えた。黒のレースのブラジャーとパンティ。同じ色のガーターベルトとストッキングも購入したが、それは関係が進んでからのお楽しみである。初めての夜にガーターベルトはさすがにやり過ぎだろう。

あくまで今日の玲子は「誘う女」ではなく「落とされる女」でなければならない。

ハンターとしての男の征服欲を満たしてやるのだ。

すべてを録音するためのICレコーダーも最新のものを買った。

準備の最後に今日は昼間から夫婦で風呂に入り、玲子の陰毛をきれいに剃《そ》り上げた。ふだんから剃毛《ていもう》してあるのだが、牧原には剃り立てを味わわせてやりたい。

「女房のここをきれいに剃るのが亭主の仕事だ。浮気相手に失礼があってはならないからな」

春彦はそう言って玲子を笑わせたが、憧れのマドンナのここを、それも無毛のここを見た瞬間の牧原の驚きと興奮を想像して射精しそうになった。

春彦の携帯に玲子からのメールが入った。このビルの最上階のスカイラウンジにいるらしい。そこなら春彦も入ったことがある。宝石をちりばめたような東京の夜景が売りの店である。

さっそくエレベーターで最上階に向かう。

エレベーターは直通である。途中の階に止まることはない。

おそらく、牧原は帰りにこのエレベーターの中で玲子と二人きりになるようにするだろう。春彦の予想は確信に近かった。

その状況でどこまでアタックしてくるか。抱き寄せてキスするまでの行動力があの男にあるだろうか？

最上階に着いた。

店はかなり広い。カウンターとふつうに向かい合う形のテーブル席以外に、窓際にはカップル専用ともいえる席があった。窓に向かって隣り合わせに座る席である。

春彦はカウンターの高いスツールに座った。窓際の席はそこから一段下になっていて見下ろせる。カウンター席からでも夜景が見渡せるように配慮されたものだろうが、春彦には二人を探すのに都合がよい。

玲子の髪の色ですぐに見つけることができた。春彦の位置から見えるのは二人の肩から上の後姿である。横の牧原の肩とは微妙な距離がある。まだ遠慮があるのだろう。

あせることはない。これからアルコールが入るのだ。

春彦は牧原の気持ちになってこの状況を楽しんだ。

春彦自身は酔うわけにはいかない。ジンジャーエールを飲みながらチラチラと二人の様子を窺《うかが》う。

話す内容まではわからないが、時折玲子の笑う声が聞こえる。

一時間ほどして牧原は立ち上がった。玲子は動かない。どうやら牧原だけトイレに行くようだ。

春彦のすぐ近くを通った牧原の横顔は少し紅潮していた。酔って度胸もついてきたころだ。

再びそばを通って牧原が席に戻ると、玲子との距離はグッと詰まった。肩と肩が密着しているのがわかる。

もう少しテーブル周辺が明るければ、窓に二人の表情が鏡のように映るのだろうが、夜景を楽しむために照明はかなり控えめだ。カップルにはそれがまた好都合だろう。はっきりと見えないもどかしさが、さらに春彦を興奮させる。

（！）

牧原は初めて大胆な行動をとった。玲子の肩に腕を回したのである。それまで見えていた玲子のロングカーディガンの明るいグリーンの肩が、牧原の紺のスーツの袖で隠された。

（いいぞ！）

春彦はそう声をかけてやりたかった。

しばらくして、今度は玲子が立ち上がった。牧原は座ったままだ。

春彦の携帯にメールの着信があった。

〈どこにいるの？　見てる？　誘われてるよ〉

思ったとおりだ。

〈すぐ近くで見てる。ここを出るときにまたメールできるか？〉

すぐ返信する。

折り返しは早かった。

〈もうここは出るよ。どこかで食事してからホテルに行くみたい〉

自分の耳の辺りが熱を持ったのがわかった。〈ホテル〉の文字に反応したようだ。

すぐに会計をすませて先に店を出る。

どこで待つべきか迷った。ここのエレベーターホールで待っても同じ箱に乗るのはまずいだろう。というより牧原は他の客をやり過ごして玲子と二人だけで乗り込むはずだ。

一階のエレベーターホールで待った方が確実だ。

素早くそう判断してエレベーターに乗り込む。ドアが閉まるときに牧原と玲子が店の出口まで来たのが見えた。

一階に着いた。エレベーターが見える位置で待つ。春彦が下りてから二回空振りで、三回目に下りてきたエレベーターから玲子と牧原は出てきた。予想どおりエレベーター内で二人きりだったようだ。

表に出る二人を追う。

雨は弱まっていた。冷え込むが、混じっていた雪の方が優勢になる気配はない。

牧原は玲子に傘をささせず、自分の傘をさしかけていた。しかも、左側を歩くのに左手で傘を持ち、右腕を玲子の腰に回してしっかりと抱いている。玲子もされるままにぴったり体を寄り添わせている。

(エレベーターの中でキスしたな)

春彦は確信した。背筋に電流が走り、勃起が始まった。

この興奮が欲しかったのだ。

しばらく歩くと、二人は小さなお好み焼き屋に入っていった。おそらく牧原が以前から見つけていた店なのだろう。

(これは都合がいいな)

店はビルの一階にあるうえに、ドアが透明ガラスで表から内部が丸見えだ。カウンターに牧原と玲子が並んで座るのが見える。

おそらくここに小一時間いることになるだろう。

持参したデジカメで、表から店内の二人の姿を撮った。通行人の目を意識して、さり気なく店の前を通りがかった風を装い、何回かシャッターを押した。

客観的に見れば挙動不審だろう。だが、例えばパトロールの警察官に問い詰められた場合は、

「あれは妻です」

と正直に言おうと思っている。

女房を寝取られた哀れな亭主に対して、どんな反応が返ってくるだろう。

その後はすぐ近くのビルの陰で待った。寒さは気にならない。むしろ体の芯が熱い。

今日これまでに撮った画像を点検していると胸ポケットの携帯が震えた。玲子からだ。

『もしもし、今どこ？』

「向かいのビルの陰にいるよ。そっちはトイレか？」

『そう。だからあまり長い時間は話せない。さっきキスされた』

「エレベーターの中でだろ？」

『そう』

「舌入れられたか？」

『うん。私も舌入れたよ』

「そうか」

『その方が良かったでしょう？』

「うん」

『これからホテルみたい。泊まっていいよね？』

「いいよ」

『あなたはどうするの？』

「ホテルまではついていくけど、その後は家に帰るよ。部屋の中まで覗《のぞ》けないからな」

『わかった。じゃあね』

切れた。

しばらくすると二人が店から出てきた。

食事をしながらまたアルコールが入ったのだろう。牧原はさらに大胆になっていた。相合傘の下、玲子を抱え込むようにして体を密着させている。

天候のせいもあって、新橋という土地柄には珍しく人通りは少なかった。通りに面した店の中にもすでに閉まったところがある。そのために駅に向かう道のところどころに小さな暗がりができていた。

春彦の胸は高鳴った。

男の考えることに大した個人差はないとみえ、牧原はそんな暗がりの一つに隠れるようにして立ち止まった。

春彦は電柱の陰に身を寄せた。そこからデジカメを突き出してモニターを覗く。

（！）

牧原と玲子は正面から抱き合って接吻していた。

夢中でシャッターを切る。ストロボは使えないから、うまく撮れたか気になる。

暗がりから出てきた二人はさらに体を密着させて歩いている。雨を避けるにしては不自然なほど強く互いの腰に回した腕を引き寄せている。

春彦は今このときの牧原の幸福を思った。高校時代から憧れ続けたマドンナを抱き、夜の街を歩く。どれだけ夢に見たことだろう。

多感な十代、玲子の面影を追っては夜毎悶々としていたことだろう。ときには孤独な勉強部屋で、その裸体を思い浮かべて自らを慰めることもあったに違いない。

そのマドンナ玲子をあと少しで征服できるのだ。これは単なる軽い浮気とは意味が違う。男の人生における一つの勝利だ。

駅に近づくにつれ、人通りが多くなってきた。驚いたことにそれでも二人は互いに抱き合って歩き続けた。二人の世界に入り込んで人目などまったく気にならないのだろう。

アルコールも入って見境なくなっているその姿は、大衆の面前でサカッているといってもいいほど熱い。

二人は銀座方面に進む。後を追う春彦の脳裏にシティホテルの名がいくつか浮かんだ。

おそらく牧原はふだん出張で使うビジネスホテルではなく、高級シティホテルの一つに自費でチェックインしているに違いない。

またも春彦の予想は当たった。

二人は三星パークホテルにまっすぐ向かっている。

ついに長年の願望の実現に向けてカウントダウンが始まったのだ。春彦は喜びに叫びだしそうだった。明らかに体温が上昇し、耳の奥で自分の鼓動を聞く。

ホテルのロビーに入り、待ち合わせを装って周囲を見渡すと、ちょうどフロントの先で二人がエレベーターを待っているところだった。

二人と一緒にエレベーターに乗り込めない以上、何階の何号室かは確かめようもない。

春彦は愛妻玲子が牧原とエレベーターに乗り込むまでを確認して帰路についた。

第二章　録　音

自宅で風呂に入り、遅い夕食を一人ですませた。

その後、いつものようにテレビを眺めて過ごす。何も頭に入ってこない。当たり前だ。頭の中は牧原に犯されている玲子の姿でいっぱいだ。他の思考が割り込む余地はない。

翌日は所用で出勤しないと事務所の者には言ってあった。

春彦は祖父の代から受け継いだ十数棟のビルの管理で生計を立てている。金の出入りをチェックするだけが仕事だ。気楽だが、仕事に張り合いはない。

「単調さに耐えろ」

とは父の名言だ。そこそこ中流の生活は維持できるのだから、仕事にやりがいや面白さを求めるのは贅沢だと言えた。

つまりは仕事と金の心配はない。趣味に没頭できる。しかし、その趣味も特別打ち込んでいるものはない。

玲子が唯一の趣味みたいなものだ。

いつもは玲子と寄り添うキングサイズベッドに横たわると、大きく余ったスペースが頼りなかった。

眠れない。明日は仕事がないから睡眠不足を気にする必要はない。ただただ時間を持て余して、何度も寝返りをうつ。

携帯にメールが入った。確かめるまでもなく玲子からだ。ベッドサイドテーブルの時計を見ると午前二時だった。

件名……〈牧原君とセックス〉

本文……〈したよ〉

短いメールが春彦を揺さぶる。

自分でも意味のわからない大きな声が漏れた。

「うー」

春彦は経験したことのない硬さに勃起した分身を両手で押さえ、広いベッド上をのた打ち回った。しかし、自分の手で処理する気にはなれなかった。

早く玲子に会いたい。玲子の口からすべてを聞きたい。聞きながらの射精で究極の快感を味わうのだ。

いつの間にか寝てしまったらしい。気づくと窓の外は明るくなっていた。午前八時半だ。
またメールが来ていた。
件名……〈牧原君とセックス〉
本文……〈朝もしたよ〉
昨夜のメールもそうだが、おそらく牧原がトイレか何かでそばにいないときに、慌しく送信しているのだろう。
三星パークホテルのチェックアウトタイムは十一時のはずだ。自分が牧原なら、チェックアウトタイムぎりぎりまで玲子の体を楽しむだろう、と春彦は思う。
玲子の帰宅は午後になるだろう。

初めての「寝取られ」体験だったが、すべては春彦の予想どおりに進行した。

午後二時に玲子から、

「今東京駅で牧原君と別れたわ。これから帰る」

と電話してきた。

聞きたいことは山ほどあるが、それは玲子が帰ってからのお楽しみだ。

「わかった。気をつけて帰っておいで」

春彦はそれだけ言って待った。

「ただいま」

玄関で声がした。

急いで迎えに出る。靴を脱ぐ中腰の姿勢から体を起こした玲子の顔はいつもより艶々している。若返ったようだ。

無言で抱き合って激しく接吻する。春彦だけでなく玲子もいつもより興奮しているようだ。

「早く」

唇を離すとそれだけ言って、玲子を引っ張るようにしてリビングに戻った。

ソファに身を沈めた春彦は、玲子を前に立たせて、

「脱げ」

と命じた。

玲子は言われるままに、コートから順に脱いでいき、最後にパンティを下ろして全裸になった。

「回って」

ゆっくりとその場で三百六十度回転させてキスマークをチェックする。

やはり初めての不倫で牧原は慎重になったようだ。玲子の肌には何の痕跡もなかった。

「どうだった？」

「すごかったよ。牧原君があんなにエッチだなんて思わなかった」

「男はみんなスケベさ。何回した」

「何回もだけど、出したのは三回かな」

答える玲子は、直立して手を後ろに組んでいる。股間には一本の縦筋が引かれている。玲子の性器はいわゆる具が外に出ないタイプだ。このスジマンと呼ばれる密やかな線も春彦は気に入っていた。無毛のドテを指で割り開き、中を探る。

「濡れてる……どうしてだ？　牧原とのセックスを思い出したのか？」

いつもより感じやすくなっているのか、玲子は身を捩《よじ》り、

「……そうじゃないけど……」

と悶えるように釈明した。

「じゃ、これはどういうことなんだ？」

残酷な気分でさらに指に力を込めて詰問してみる。

「……だって……」

刺激に比例して玲子の腰の動きは大きくなる。

「録音はちゃんとできたか？」

問われた玲子は足元に置いたバッグからICレコーダーを出した。それをひったくるように手に取ると、テーブルに置かれたスピーカーに繋ぎ再生する。
最初は春彦と玲子の会話が少し入り、その後はしばらく歩いているために、
〈カサッ……カサッ……〉
というバッグの中でICレコーダーが揺れる音だけがする。
地下から地上に出た気配がする。
〈『お久しぶり。待ちました？』
『いや、来たばかり。さ、こっち』〉
再び一定のリズムで歩行中の揺れの音が入り、それに重なって、
〈『東京は寒いね』
『昨夜から急に冷え込んだのよ』〉
と途切れがちの会話が入っている。
玲子は全裸のまま春彦の横に座った。春彦の肩にすがりつくようにして身を寄せる。
「あら？」
片手をズボンの上から春彦の股間に這わせた玲子が声を上げた。
「もうこんなになってるの？　この録音、エッチなのはずっと先よ」

玲子は呆《あき》れたように言うが、春彦の分身は昨夜からの緊張を持続させていた。それだけ強い刺激を受けているのだ。それも肌の表面で受ける刺激ではない。想像力を駆使した脳がダイレクトに受けている刺激だ。

録音の中では最初の店に入ったところだ。席に着いてしばらくは他愛もない同級生の噂話が続いたが、アルコールも徐々に効いてきて、二人が打ち解けていくのがわかる。なんと言っても笑いが増えてきた。

〈『牧原君はモテたでしょう？』

『そんなことないよ』

『あら、うちのクラスに牧原君のことといつも噂してた人いたわよ。それで私、高校のときから牧原君の顔と名前が一致してたもの』

『そうなんだ？』

『牧原君は私のこと知ってた？』

『だから言ったでしょう。あなたは憧れのマドンナだったんだから』

『本当かしら？』

『本当ですよ』〉

そろそろ本題に入りそうだ。春彦の姿勢は前のめりになり、一言一句聞き逃すまいと全身が耳になったように集中した。

しかし、会話はまたクラブ活動の話など毒のない内容に戻ってしまった。

「こいつ、何をモタモタしてんだ」

全裸の玲子を抱き寄せたままで毒づく春彦を、

「だからちゃんとセックスしたって言ったでしょう？　もう少し我慢して」

玲子は楽しげに頰を寄せてなだめる。

やがて録音された会話は、同級生同士の不倫の噂になった。大阪に住む妻子ある男と京都在住の人妻が、関西の同窓会で再会したのをきっかけに抜き差しならぬ関係になっていると
いうのだ。そのことは玲子も関西在住の女性の同窓生から聞かされていたらしい。

〈『牧原君はあの二人の関係に気づいてたの？』

『まあ、薄々ね。雰囲気でわかるからね、そういうの』

『そうかな？』

『そうだよ。いくら本人たちが気をつけてもバレるさ』

『ふーん……』

『……俺とシマッチなら気づかれないだろうけど……』〉

いよいよ牧原が仕掛けた。

玲子の旧姓は「島田」であり、「シマッチ」というのは高校時代に女生徒の間で使われていた愛称である。卒業後に男性の同窓生にも定着したという。

〈『どうして？　どうしてバレないの？』

『だって、俺とシマッチだよ。誰も想像しないさ。不釣合いだもの』

『そうかしら？』

『そうさ』

『じゃ、バレないんだったら、私と不倫したい？』〉

玲子の声はことさら酔っているのをアピールしているように聞こえる。

〈『したいよ』〉

ここは勝負どころと牧原も腹をくくっているのだろう。悪びれることなく即答している。

〈『牧原君、学生のころ私としたかったの？』

『したかったよ。俺だけじゃなくて、高城や葉山もシマッチを狙ってたんだ』

『ふーん、誰からも誘われなかったよ』

『みんな度胸がなかったのさ』

『今は度胸あるんだ？』

『まあね』

『どうしようかなあ？』〉

玲子は相手の反応を楽しんでいる。

「このときね。グーッと顔を近づけたの」

牧原の鼓動は急激に速まったことだろう。

〈『……………』

『え？』

『……………』

『本当に？』〉

「何て言ってるんだ？」

聞き取れないもどかしさで混乱気味の春彦に、

「耳元でね、『してもいいよ』って囁いたの。二回繰り返したわ」

と玲子が説明してくれた。春彦の下半身と胸の奥が同時に熱くなった。

「でもね、牧原君すぐに返事しないで、トイレに行ったの」

ここで春彦の目撃した光景が甦《よみがえ》った。トイレから戻った牧原は大胆に玲子の肩を抱いたのだ。

録音の中で牧原が席に戻った気配がわかる。

〈『本当にいいの？』

『私はいいわよ。牧原君こそ大丈夫なの？　奥さんにバレない？』

『大丈夫。いつもの出張だからね。バレようがないさ』〉

「このとき肩に腕を回してきたの。私はこうしたわ」

玲子は春彦の太腿に手を置いた。ズボンの上から軽くさするように手を動かす。股間に手をのばすようでそこには触れず、男をじらす。録音の中で牧原の鼻息が荒くなったのがわかる。

〈『どうするの？　ホテルに行く？』

『うん……三星パークホテルに部屋を取ってあるんだ』

『あら、いつもそんなにいいところに泊まるの？』

『そんなあ、いつもはビジネスホテルだよ。出張だもの』

『今回だけ？』

『そう、シマッチと会えるから』

『最初からその気だったのね？　エッチね』

『いや、もしかしてうまく事が運んだら、と思ってさ』

『じゃあ、もう行く？』

『もう一軒だけつきあってよ。食事まだだし、知り合いの店に行くって言ってあるんだ。お好み焼きの店なんだけどね。いい？』

『いいわよ。じゃ、ここは出るのね。ちょっとトイレに行ってくるわ』〉

ここも目撃したとおりだ。

この後、玲子はトイレから春彦にメールしたのである。

やがて店を出るところになった。

〈『ありがとうございました』〉

店の人間に送られてエレベーターの前に立ち、

〈『いいお店ね』

『でしょう？　松岡に教えてもらったんだ。ほら、あいつは東京が長いから』

『松岡君、元気なの？』

『元気だよ』

『松岡君、同窓会来なかっ……』〉

会話が断ち切れた。

「急にキスしてきたの……」

「どんなふうに？」

「正面から抱きしめられていきなりディープキス」

「舌入れてきたのか？」

「そう、いきなりね。だから私も舌を入れたわ」

「どんなふうに？」

玲子は春彦に唇を重ねて再現してくれた。

（！）

玲子は変貌している。春彦の知っている清楚な妻ではなかった。

ねっとりと男の口の中にのたうつ舌。本当に牧原との初めての接吻でここまで濃厚に舌を使ったのだろうか。

唇を離した玲子の瞳の奥に、春彦は淫らな炎が点じたのを見た。

あれほど他の男とのセックスを拒んでいたのが嘘のようだ。玲子は完全にこの状況を楽しんでいる。春彦と牧原の両方を手玉にとっているのだ。

「いやらしいでしょう？　牧原君のキスはセックスしているのと同じだったわ」

玲子の言わんとすることはわかる。キスの範疇は広い。日常の挨拶から性交よりも淫らなものまでいろいろだ。

お好み焼き屋での会話はまた少し当たり障りのないものに戻った。カウンター内の店主の耳があるために際どい会話が難しくなったのだ。
だが、店主が他の客との会話に熱中したあたりから、二人の世界にエロの気配が漂う。
〈『旦那さんとはどうなの？』
『何が？』
『あっちの方だよ』
『セックス？』
『そう』
『ふつうよ』
『ふつうって？』
『うーん、そう聞かれると、どれがふつうかわからないわね。牧原君は？』
『俺？　うちはあんまりないな。ご無沙汰だよ。女房は子供のことに夢中だし』
『奥さんは年下？』
『一個下』
『もったいないわね』
『どうして？』
『女は若いころより私たちぐらいの年齢になった方が絶対によくなっているもの』

『そうかな？』

『そうよ。私なんて若いころより今の方がよく濡れるわ』

『……すごいね。そんなこと聞かされると立っちゃうよ』

『まあ、頼もしい』〉

あとは微熱のこもった密やかな笑いが二人の口から漏れる。

食事を終えて店を出る二人。

春彦は目撃した光景を頭の中で再生した。この後、しっかりと抱き合って歩く二人は、暗がりで再び接吻を交わした。

録音がそのくだりになった。

歩いていたときのカサカサという音がなくなり、二人がコートの上から互いにまさぐり合う音と荒い息遣いが聞こえる。

続いて会話。

〈『…………』

『本当？』

『…………』

『そうだよ。だから早く行こう』〉

玲子の声が小さくて聞き取れない。

「キスした後に何を言ったんだ？」

玲子は無言でいたずらっぽい笑みを浮かべた。聞きたい？　と問いかけているようだ。

「何と言ったんだ？」

春彦はこの時点で余裕を失っている。詰問ではなく、自分でも哀れっぽいと思う声で尋ねてしまった。

「彼の耳元で『濡れちゃった』って囁いてから、ズボンの上からあそこを触ったの。そしたら硬くなってたから、『立ってるの？』って聞いた」

あれはそんなたまらない場面だったのか。春彦はデジカメでなくビデオで撮影しなかったことを悔やんだ。

録音の中で二人の会話はなくなった。カサカサとバッグの中でＩＣレコーダーが揺れている音が単調なリズムを刻む。その背後に雑踏の様々な音が重なっている。

やがて雑踏から抜けて静かな雰囲気の場所に移ったのがわかる。ホテルのロビーに違いない。

牧原はスーツのポケットにカードキーを入れていたらしく、フロントに寄らずにエレベーターに乗り込む気配になる。

〈『ヌフ……』〉
「ホテルのエレベーターでもキスしたな？」
「うん」
〈『夢みたいだよ』
『大げさね』〉
憧れのマドンナとのディープキスは牧原を夢心地にしているが、当の玲子にはそんな自分の価値がわからないのだろう。
ドアのロックを解除するピッという音がしている。また一つ空気が変わった。部屋に入ったのだ。
〈『いい部屋ね』
『景色もいいよ』〉
「コートを脱いでクローゼットのハンガーにかけたの。……そのままクローゼットの前で立ったままキスしているところね。ほら、今チュッていったでしょう」
ベッドのスプリングの軋《きし》む音がした。
「ベッドに二人で倒れこんだの。服を着たままでしばらく抱き合ってキスしたわ」
〈『ン、ン……あ、ダメ、耳噛んじゃ……』

『弱いのかい？　感じるの？』

『そう、感じる……もっとキスして』〉

十分ほど、キスを覚えたての高校生のように熱中していたようだ。

〈『どうする？　シャワー浴びる？』

『うん』

『一緒に浴びる？』

『牧原君、先に浴びて』

『わかった。じゃ、お先に』〉

「牧原君がシャワー浴びている間にＩＣレコーダーをサイドテーブルに置いたの」

確かに音が鮮明になった。それまでは何かこもった感じがあったのだ。

「そんなに見つかりにくい場所があったのか？」

「うん。サイドテーブルの上にライトスタンドが乗ってたんだけど、面白いデザインでね。そのすぐそばに置けたの。ほら、灯台もと暗しよ」

玲子の冷静さというか度胸のよさに春彦は舌を巻いた。

すべては春彦が持ちかけたことである。それなのに、この玲子の主体性はどうだろう。とても強要されてのこととは思えない。

「このときは彼の裸を見た？」

「まだ。クローゼットの前で服を脱いでハンガーにかけてたみたいだけど、ベッドからは見えないの」

やがて、

〈『お先に』〉

牧原がバスルームから出てきたようだ。

「牧原君、腰にタオルを巻いて出てきたの。私、入れ違いにバスルームに入ってシャワーを浴びたわ」

「ここでやつの裸を初めて見たんだろう？　どうだった？」

「いい体してたよ。お腹《なか》も出てなくて」

ベッドに一人横たわった牧原が伸びをしている様子まで音でわかった。録音は大成功だ。期待以上に興奮できる音声がここから展開するに違いない。

牧原が冷蔵庫を開けて飲み物とグラスを用意しているのが音の気配でわかる。

〈『お待たせ』〉

玲子がバスルームから出てきた。

〈『喉が渇いたんじゃない？　飲もうよ』

『ありがとう』〉

「ベッドに腰掛けてビールを飲んだわ。牧原君は腰にバスタオル。私は胸からバスタオルを巻いてね」

〈『ハアー……おいしい』〉

二人はビールを飲み干すと、ベッドに横たわって抱き合ったようだ。キスの音が卑猥に続く。

「まだ二人ともタオル巻いたままよ」

〈『あ、牧原君……すごい……』

『ウ……シマッチ……』〉

「キスしながらバスタオルの上から彼のを掴んだの。もうカチカチだったわ」

〈『これとって……』〉

玲子に促されて牧原は腰のタオルを自分でとりさったらしい。

〈『……大きくなってるのね』〉

「まだ玲子は裸を見せてないんだな？」

「そう、ここはまだね」

〈『シマッチ……そんなふうにされるとイッちゃいそうだよ』

『だって、すごいんだもの』〉

「こんなふうにしてあげたの」

玲子は春彦の肉棒を窮屈なズボンから解放して片手でしごいた。

「う」

たまらず春彦も声を上げる。

「他の男のチンポをしごいたんだな」

「そうよ。妬《や》ける?」

「うん。彼のチンポどうだった?」

「え?」

「大きかったか?」

「そうね……大きさはこれと同じくらいだと思うけど……ここが太かったかな」

玲子は亀頭部分を握って言った。どうやら牧原のそれはカリのエラが張った形状のようだ。

全裸になった牧原が体にタオルを巻きつけた玲子を抱き、激しく接吻している音が続く。

「ここで胸のタオルをおろされてオッパイを見られたわ」

〈『これがシマッチの胸か……きれいだ』

『そう?』

『うん……』

「牧原君、しばらく乳首を吸いながらオッパイ揉んでたの」

〈『あ……あは……あん』〉

「気持ちよかったか？」

「気持ちよかった」

「玲子のオッパイは揉み甲斐があるからな。男なら誰でも夢中になる」

「牧原君ね、オッパイを吸いながら私のバスタオル剝《は》ぎ取ったの」

「部屋の明かりは？」

「明るいままよ」

〈『……アア……』〉

玲子の声が少し高まった。

「二人とも真っ裸で抱き合ったの。しばらくその感触を味わったわ。牧原君、私の背中からお尻を撫でさすってた」

〈『あ……いや……』〉

「牧原君が初めてここに手を伸ばしたの」

玲子は春彦の手を取り、自分の股間に押しつけた。

無毛のドテがしっとりと汗で湿っている。

この感触を牧原が味わったかと思うと、春彦の背筋を悪寒に似たものが這い上がった。

最近のICレコーダーは優秀だ。そこが剃られていることに気づいた牧原の動揺までもが収録されていた。

〈『……これは……どうしたの?』

『うちの主人が剃るの』

『ご主人が?……シマッチ、そんなことさせるのか?』〉

牧原の声に嫉妬の色があった。

(人妻を寝取っておいていい気なものだ)

春彦は怒るというより、苦笑したくなった。

〈『あ……いや……やめて』

『シマッチ、手をどけて』

『……いや……』

『……すごい』

『牧原君、恥ずかしい』〉

マイクはシーツの擦《こす》れる音まで拾っているから、おおよそ何が行われたか推測できたが、

「何をされた？」

と問わずにはいられなかった。春彦の声は情けないほどかすれている。

「牧原君に足首を両手で持たれて大股開きにされたの」

「見られたのか？」

「うん。ジーッと見てた」

女体の解剖だ。明るい中で男の目に玲子のすべてを晒《さら》しているのだ。

〈『やめて……恥ずかしい』

『……きれいだ……これがシマッチなんだね……』

『アア……ダメ……ア……』〉

「牧原君たら舐め始めたの」

ピチャピチャという音が微《かす》かに聞こえる。

女の両足首を持って万歳をして、頭だけ股間に沈める男の姿が春彦の脳裏に浮かんだ。おそらくその想像は正しい。

「舐めるの上手かったか？」

「上手だったよ」

「どんなふうに舐められた」

「どうだったかな……いきなり中まで舌入れられた。それからオシッコの穴もチロチロ舐められて、クリトリス舐められて、また中まで舐められて。その繰り返しかな」

しばらく玲子の悶える声だけが漏れていたが、

〈『すごい、初めてだよ、ここの毛がないの。舐めやすいね』〉

という牧原の声で玲子が舌の責めから解放されたことがわかった。

「でも今度は指でいじり始めたの」

当たり前だ。高校以来憧れ続けたマドンナの性器が目の前に晒されているのだ。男ならとことん陵辱するに決まっている。

〈『……あ……ダメ……牧原君、そこ感じる……ああ、いい……あ、やめて、やめてよ……』〉

よがる玲子が、途切れ途切れに許しを乞う間、牧原は無言だ。

玲子の性器をいじるのに、熱中しているのだろう。

〈『もう私、ダメだから……あ、やめて、やめてよ……あ、あー』〉

玲子の絶叫に被さるようにして、猫がミルクを舐めるような音がした。

「私、イッちゃった」

しばらく玲子が弱々しく息を吐く様子がわかる。

玲子は牧原の責めに屈したのだ。

勝ち誇る男の次の行動は言うまでもない。

挿入である。

「ここでハメられたのか？」

「そう……牧原君、私の右の太ももを持ち上げるようにして股の間に体を入れてきたの。そしてここに当てがって、しばらく入口でグチュグチュしてた」

牧原は亀頭部分を膣口に押しつけて、玲子の愛液をまぶすような動作を続けたらしい。

女をじらすつもりだったろうが、男の方もたまらない時間だっただろう。何しろ、ついに憧れのマドンナと合体する瞬間が訪れたのだ。

頃合いを見て慎重に腰を進める牧原の姿が見えるようだ。

〈『あ、あー！　牧原君！』

『シマッチ』

『あ、いい』

『いい……シマッチ、いいよ。これがシマッチなんだね』

『そうよ。ああ、いい……』

『嬉しい！　嬉しいよ、シマッチ』

『私もよ、嬉しいわ。奥まで入ってる』〉

その玲子の声は歓喜に満ちていた。本音を口にしている証拠だ。

「すごく気持ちよかったよ。私も入れてほしくなってたから」

玲子は春彦の目を見て言った。

その瞳の奥には夫をいたぶるサディスティックな炎が揺れている。

春彦は自分が負け犬の目をしていることを悟った。哀れに許しを乞う目だ。

全裸の玲子は、服を着たままズボンから肉棒だけを出している春彦にまたがってきた。

「こうしたのよ、牧原君」

そう言いながら春彦の肉棒を握り、先端を自分の膣口に押しつける。

「ああ、気持ちいいわ」

玲子は肉棒を操りながら腰を卑猥に動かした。

「ぐ」

春彦は興奮で脳みそがスパークしそうになった。

自分の硬くなった肉棒の先端が、紅く火照《ほて》っている玲子の肉溝を割り開いている。

その図を目撃しているだけでもイキそうになるのに、耳からは玲子と牧原のサカる声が入ってくるのだ。

〈『ああ……シマッチ、ずっとこうしたかったんだ……』

『牧原君、私が欲しかったの？』

『うん、ずっとね。高校のころからずっと』

『嬉しいわ』

『……こうして、真っ裸の君を見たかった。……もっと見せて』

『見て』

『……ああ、入ってる……俺のチンポが島田玲子のマンコに……う……そんなこと言うとイッちゃいそうになる』

『ダメよ、まだイッちゃあ』

『……ふう、危なかった……』

『気持ちいいわ……もっと奥に入れて』

『……こう？……』

『ああ……いい』

『どう？　俺のチンポ……いい？』

『いいわ……牧原君の』

『何がいいか、ちゃんと言ってくれよ』

『……いいわ、牧原君のチンポ……』
『う……』
『私は？』
『いいよ、最高だよ。よく濡れてるし、よく締まる……最高のオメコだ』
『もっと突いて』〉
ギシギシと激しくベッドが軋み、
〈『あ、あ、いい、いいわあ』
『フン、フン』〉
と牧原が夢中になって腰を使っている声がする。
玲子は録音に合わせるように春彦にまたがった腰を上下させた。
「やめてくれ。イキそうだ」
「イキなさいよ」
初めてだ。玲子の口調は完全に春彦を見下している。
「もっと……もっと聞きたいんだ。聞かせてくれ」
春彦が哀願すると、玲子はグッと腰を下ろした。
深い。

フル勃起した肉棒が根元まで包まれている。
そして熱い。
玲子の中は燃えたぎっている。
〈『もっと、もっとよ……気持ちいいのよ、牧原君』
『フン……フン……いいの？』
『うん、いい』
『何がいい？』
『チンポ……牧原君のチンポ……』
『う……あ』
『ダメ！』〉
最後の玲子の声は絶叫に近い。
「何がダメ？」
そう尋ねる春彦に玲子は残酷な微笑を浮かべて答えた。
「牧原君が抜いたの。すごくいいところだったのに……彼、私のここに射精したわ」
玲子は自分の喉のすぐ下からへその下まで右手でゆっくりとなぞった。
「ウウッ……」

その瞬間、春彦は弾けた。
味わったことのない射精感だ。
目の前が白い。
脳みそが脊髄を通って精液と一緒に放出されたように感じる。
時間の感覚もなくなり、ここがどこかもわからない。
(これだ……)
春彦が求めていたのはこれなのだ。
すべてわかっていた。何をどうすればこうなるのか、最初からわかっていた……
「あ、いい……ピクピクしてる」
玲子も子宮に射精を受けて満足げだ。
〈『ハア、ハア……』
『……牧原君すごい……すごく出たね』
『うん、こんなの久しぶりだよ。こんなにたくさん……ごめんね。ここに出して』
『いいのよ』
『コンドーム着けるために抜きたくなかったんだ』
『私もよ、抜いてほしくなかったわ』〉

再び二人は抱き合って接吻しているようだ。きっときつく抱き合って、体の間の精液がネチャネチャと広がったに違いない。

春彦は録音を停止させた。

「ちょっと休憩させてくれ」


場所を変えた。

二人でベッドルームに行き、全裸で横たわって録音を聞くことにしたのだ。

その前に風呂場で互いの体を清めあった。

一度射精を果たしたことで、春彦は冷静さを取り戻していた。

リビングから寝室へICレコーダーを接続したままスピーカーを移動する。

停止したところから続けて再生させると、しばらく会話が入っていなかった。

「一緒にシャワーを浴びたの。体についた精液を流して、洗いあったわ」

「どんなふうに？」

「私はボディシャンプーを手に取って、牧原君のあそこを洗ってあげた。こんなふうに」

玲子は春彦の肉棒を握ってしごくような動作をした、片方の手では睾丸を触っている。

それだけで春彦の肉棒は回復の兆しを見せたが、

「牧原君はちょっとムクッただけだった」

放出の直後で、さすがに少々しごかれたぐらいでは反応できなかったようだ。

「牧原君も同じようにして私のお股を洗ってくれたわ」

「肛門もか？」

「お尻の穴もちょっとなぞるようにしたわね」

「尻には興味ないのかな？」

「そんなことないみたい。私のお尻の穴が気になるみたいよ。この後を聞けばわかると思うけど」

シャワーを終えて二人がベッドに戻る気配がスピーカーからもれた。

〈『シマッチ、何か飲む？』

『うん』〉

牧原が部屋の冷蔵庫から飲み物を出して玲子に渡したようだ。

〈『おいしい』

『ああ、喉がカラカラだったからね』〉

「裸なのか？」

「二人とも真っ裸よ」

「明かりは？」

「明るいまま」

「それからどうした？」

「ちょっと休憩。二人で並んでベッドに横になって、牧原君がテレビをつけたわ。ニュースより天気予報が気になってたみたい」

一度の挿入で牧原は自信をつけたのだろう。高校時代から憧れ続けたマドンナを自分のものにしたのだ。

憧れていたのは牧原だけではない。それを知っているだけに、他の男どもを出し抜いた優越感も感じているに違いない。

これから朝まで、この女体をどう料理するか、そのことをゆっくり考える至福のときだ。

「牧原君、私の頭の下に腕を入れてきた」

「腕枕したわけだ」

「そう。私はされるままにしてたわ」

テレビから女性アナウンサーの声が流れ、それを背景に二人の会話が続く。

〈『よかったよ、シマッチ』

『私もよ。よかったわ』

『ここの毛を剃るって、旦那さん変態的なのか？』

『これ剃ると変態なの？　ここの毛がいやなだけみたいよ』〉

実際はド変態だ。自分の女房を他の男に抱かせて喜んでいるのだ。

春彦は牧原にそう教えたい衝動を覚えた。

そうすれば立場逆転だろう。寝取られ亭主と間男。だが、実は間男は利用されているに過ぎないのだ。

〈『俺はこんなの初めて見るけど……いいよね』

『そう？　毛のない方が好き？』

『うん。子供みたいだ……』〉

その牧原の声を聞きながら、春彦は玲子の股間に目をやった。おそらく録音の中の牧原も同じようにここを見たに違いない。

足を閉じて横たわる玲子のへその下には、ツルツルの土手があり、そこに一本の縦筋が引かれている。

グロでもなんでもない。愛らしいとも言える密やかな線だ。

この肉溝を目にすれば、どんな男でも欲情する。これだけは本能である以上、誰も責めることはできない。

一回目の射精を終えた牧原も、あらためてこの肉溝を目にしてムラムラしただろう。

〈『こういうのスジマンって呼ぶらしいね……すごく興奮するよ』

『そう？……あ』〉

「私、牧原君のチンチンに触ってたんだけど、それがまた硬くなってきたの」

「また元気になってきたんだな」

「それで私がちょっとしごいてあげたら、ムクムクって、一気に大きくなったわ」

〈『牧原君、元気ね』

『自分でも久しぶりだよ。こんなに元気なの』

『本当？』

『そう。相手がシマッチだからさ』

『……太い……それにすごく硬い……口でしてあげようか？』

『してくれるの？』

『さっきのお返しよ』

『……あ、シマッチ……』〉

どうやら玲子も慣れてきて、攻勢に出たようだ。

「……しゃぶったのか？」

「うん」

「どうだった？」

「口の中いっぱいだったよ」

かつて玲子は近隣に広く知られた美少女だったという。

春彦にも経験あることだが、美しい少女のプロフィールは少年の胸をときめかせると同時に、コンプレックスも刺激したはずだ。

ニキビ面の己と比べて、陶器のような美しい肌を持った少女。人間として同じ価値があるとはとても思えない。

その美少女の横顔が今、目の前にある。それも自分の醜い欲望の象徴であるペニスを口にくわえて。

これ以上に男を感激させることが人生にあるだろうか。

「どんな風にしゃぶったんだ？」

尋ねられた玲子は無言で上半身を起こし、横たわったままの春彦の肉棒をカプリとくわえた。

口の中の肉棒にぴったり舌を這わせ、首を捻りながら上下させる。そして時々春彦と目を合わせるのだ。

（……たまらん）

〈『……シマッチ、たまんないよ……気持ちいい……』

『チュッ……気持ちいいの？』

『うん』

『こうするとどう？』〉

録音の自分の声に合わせて、玲子は舌先を尖らせ春彦の尿道口をチョロチョロとくすぐった。

（こんなことまで……牧原のやつ、極楽だったろう）

〈『ああ、ああ、いい、いいよシマッチ』

『……ング……フン……』

『好きなの？』

『……フェラチオ？……好きよ』

『これをしゃぶるの好きなんだ？』

『そう』

『ああ、いい……』

『……おいしいわ……』〉

夫以外の男の肉棒を美味だと褒めた自分の言葉に、照れたのか後ろめたいのか、玲子はフェラチオを続けながら春彦に向けて不思議な笑みを見せた。

〈『……ああ、シマッチ、こっちに……』〉

牧原の声が少し大きくなった。

スピーカーから流れるそれに合わせて、玲子は肉棒をくわえたままで春彦の上に反対向きにまたがった。

女上位のシックスナインだ。

玲子は昨夜の出来事を録音に合わせて忠実に再現してくれているのだ。

春彦の目の前にしとどに濡れた玲子の無毛のクレバスが向けられる。

こうされれば、男なら誰でもここにむしゃぶりつく。

春彦はそうした。

「あ、ああっ……」

長く伸ばした舌先で膣をまさぐられて、玲子は肉棒への愛撫を忘れて悶えた。

〈『あ、ああっ……』〉

やはり牧原も同じようにしたのだろう。録音の中の玲子も同じ反応を示している。

〈『すごい……すごくいいわ、牧原君……ああ、そこよ……そこもっと舐めて……ああ……

あん』〉

よほど牧原の舌の責めが激しかったのだろう。玲子の声は音量が大きいだけでなく、淫らな抑揚がついている。

牧原は面白かったに違いない。自分の舌の動きに合わせてマドンナ玲子が歌う。

春彦はその淫乱な歌声に聞き惚れながら、舌で肉溝をまさぐった。

頭に浮かぶのは、他の男と全裸で絡み合う玲子の姿だ。互いの性器を口で慰め合う二匹のケダモノの姿。

録音を聞くことに集中すると、舌での愛撫がおろそかになる。明らかに録音の玲子の方がより大きくよがっている。

そのことに気づいた春彦の中に奇妙な競争心が生まれた。

目の前の大きな尻肉をがっしり掴み、あからさまに姿を現した肛門にも舌を入れる。

「ああ、そこ……牧原君も同じことをしたわ」

（あいつめ！）

玲子の尻の穴まで舐めるのは夫である春彦の特権だ。だが、自分の中で寝取られ願望を優先させたときから、そんな主張をしないという心の整理はできている。

むしろこれは喜ばしいことだ。

〈『牧原君、そこは汚いよ』
『シマッチの体に汚い所なんてないよ』
『あ、あん』
『どう？　ここを舐められて気持ちいい？』
『……うん……ちょっと恥ずかしいけど』
『ここは経験ある？』〉
牧原はアナルセックスのことを言っている。
ここは一つの山場だ。
〈『経験ないわ』〉
と玲子は即答している。
春彦は満足した。打ち合わせどおりだ。
実は結婚して二年目に入るときに、玲子の肛門は春彦によって開発されている。
その年の誕生日。
「プレゼントは何がいい？」
と玲子に尋ねられ、春彦が望んだのが肛門への挿入だったのだ。
驚くべき従順さで、まだ新婚とも言えた美貌の妻は夫に尻を開いた。

それ以来、月に二度か三度の割合で、春彦は玲子の肛門を味わってきた。

しかし、初めての寝取られ計画を練ったとき、このことを含めて夫婦で細かく打ち合わせしたのだ。

結論はこうだ。

男の思惑に合わせて動き、二人きりになったら一気に積極的になる。あらゆる体位で交わる。

淫語も連発する。

玲子がしきりに「チンポ」と叫ぶのはそのためだ。春彦は男が女に言わせて興奮するいくつかの言葉を玲子に仕込んだ。

そして男の要求を何も拒まず、最初からフェラチオもする。

ただし、アナルは未経験のふりをする。

これにはこういう理由がある。

マドンナ的存在だった玲子が淫乱ぶりを見せると喜ばれるだろうが、アナルまで開発されていると知ればさすがにショックだろう。

それよりアナルは処女地ということにしておいて、そこを開拓する野心を持たせようというのである。

しい。二人で何度も話し合って取り決めたことを、玲子が忠実に実行していることが春彦には嬉しい。

〈『ねえ、牧原君、後ろからして』〉

これも取り決め通り、玲子がバックからの挿入を求めている。

自分の声に合わせて、玲子はまず四つん這いになり、それから肩をベッドにつけた。尻をぐっと持ち上げたポーズだ。

牧原にもこれを見せたのだと思うと興奮する。

春彦はその尻に正対して腰の辺りを両手で掴み、肉棒を膣口にあてがって構える。

しかし、録音の方はしばらく妙な間が空いている。

「どうしたんだ?」

「牧原君がコンドームを着けたの」

どうやら、一旦ベッドから降りた牧原が荷物の中からスキンを取り出し、装着するまでの空白らしい。

〈『早く来て』〉

牧原はこのまま射精になだれ込む腹積もりを立てたのだろう。

玲子が甘えた声で牧原を誘う。

精純な女子高校生だったマドンナが、今や真っ裸で尻を掲げて自分を誘うのだ。牧原はこの瞬間にどんな感慨を持っただろう。

〈『入れるよ……』

『うん、来て……あ、ああ……いい』

『ふうー』〉

根元まで挿入して一息吐いたようだ。

〈『シマッチ、どう？』

『いいわ……奥まで入ってるね』

『うん……根元まで入ってるよ』

『動いて、牧原君……あ、あ、ああ……』〉

ゆっくりとした動きから徐々にテンポを上げていくのがわかる。

〈『あ、あ、いい、……いいわ……いいの、牧原君……』

『いいの？……シマッチこれが好きなのか？』

『そう、好きなの、この格好が好き……ああ、いい……当たってる……』

『フン……フン……』〉

パン、パン、と男の下腹と女の尻の肉がぶつかる湿った音が大きくなった。

春彦もおずおずと腰を振り始めた。

だが、とてもじゃないが、録音の中の牧原ほど激しいピストンにはつきあえない。

牧原にとっては、三星パークホテルのベッドの上は「晴れの舞台」なのだろう。ここで張り切らなければ男の沽券にかかわるというものだ。

〈『当たってる……ああ、いい……もっと……もっとちょうだい……』

『俺もいいよ……ン……ン……』〉

牧原の呻《うめ》きのトーンが上がった。

「私こうしたの」

玲子は春彦に尻をおしつけるようにしながら両手で尻肉を広げた。

たまらない光景だ。

肛門が口を突き出すように割り開かれた尻肉。その下に肉棒がずっぽりハマった状態の玲子自身が見えている。

(この姿をあいつに見せたのか)

そう思うと満足感と嫉妬の入り混じった不思議な感情に襲われる。

牧原にとっても、目の前に展開する光景ほど興奮する図はなかったはずだ。

〈『シマッチ……すごいよ……全部見えてる』

『見てぇ……見ていいのよ』

『お尻の穴まで丸見えだ』

『こうするとよく見えるでしょう？』

『ああ……シマッチの尻の穴……』

『そうよ……見て』

『シマッチ……イキそうだ……イっていい？』

『来て、牧原君……思い切り奥に入れて……』

『じゃ、イクよ……ン……ン……ク……』

『あ、あ、いい、いい、もっと突いて……当たってる……あ、あ』

『イク……イクよ、シマッチ……』

『来て、来て』

『あ、ああ、シマッチ！』

『牧原君！　ああ、いい！』〉

こういうものは映像より耳だけで得る情報の方が興奮できるのかもしれない。

春彦は挿入したままで動かずにいた。そのために射精の心配はしなかったが、玲子の中で自分自身が強烈に硬度を増したのを自覚した。

スピーカーからは激しいよがり声の代わりに荒い息だけが流れている。

どうやら射精に至って、二人はスプーンを重ねた状態で声も出せずにいるところのようだ。

「よかったのか？　二回目」

「うん、よかった。私バック好きだし……牧原君、このとき後ろからキスを求めてきたから首をねじって応えてあげたわ」

そこからはまた会話になった。

〈『すごくよかったよ、シマッチのオメコ』

『牧原君もよかったわ』

『何がよかったか、ちゃんと言ってよ』

『聞きたい？』

『うん、聞かせて』

『よかったわあ……牧原君のチ・ン・ポ』

『くくっ、チンポってシマッチが言うと興奮するね』

『そう？　言ってあげる。チンポ、チンポ、牧原君のチンポおいしい』

『ククク……』〉

気だるい空気の中で二人はじゃれるような会話を続けている。

〈『ああ、二回も射精したから、さすがに芯が抜けたよ』

『そうね。私も満足したわ』

『このまま眠りたいね』

『裸で？　いいわよ、このまま寝ましょう』

『明かり消すよ』〉

これで夜の部は終わりらしい。

「どんな風に眠ったんだ？」

「真っ裸で抱き合って寝た」

「握ってか？」

「握って」

春彦は、玲子が牧原の胸に頭を預け、肉棒を片手で握ってまどろむ様を想像した。

そこからは五時間ほど寝息しか録音されていないようだ。早送りして会話を探した。

「朝はどちらが先に起きたんだ？」

「彼の方よ。気がついたら私のお尻を舐めてたわ」

「後ろから舐められたのか？」

「そう。私寝返り打ったままうつ伏せに眠っていたらしくて、目が覚めたらお尻を押さえつけられてた」

その部分を探す。

見つかった。

まず男がベッドから抜け出す気配とバスルームのドアの開く音がした。やがて再びドアを開閉する音がする。

そこからだ。

ペチペチと尻の肌を軽く手で叩く音が聞こえて、次にシーツの擦れる音。おそらく玲子の下半身に重なるようにして牧原がベッドに乗り、尻に顔を伏せているのだろう。

〈『……あ、あ、やだ、牧原君……』

『おはよう。起こしちゃった？』

『起きるよう……そんなことされたら……』

『気持ちいい？』

『うん』

『いい目覚めだろう？』

『そうね……ウン……』〉

「それからキスしたの。朝からいやらしいキス」

おはようのキスとは呼べないものであったことは音でわかる。

「それから私もフェラチオした」

それもわかる。

二人が夢中で舐め合っているのが、気配でわかる。

「牧原君カチカチになってたから、私はすぐ入れたかったんだけど、彼、ベッドから降りたの」

シャー、というカーテンを開く音が聞こえた。

〈『ほら、シマッチいい眺めだよ』

『ほんと、きれいね』〉

「朝の空が紫に染まるところだった。本当にきれいだったよ」

三星パークホテルからだと銀座の夜明けが一望できたはずだ。

〈『シマッチ、おいでよ』〉

「彼、窓際の椅子に座って私を呼んだの」

「わかるよ。浅く座って、おっ立ててたんだろう？」

「そう。私、またがって自分から入れてあげた。そして繋がったままディープキスよ」

〈『あ、ああ、いい……いいよ、シマッチ』
『牧原君、元気ねえ。ゆうべ二回も射精したのに』
『シマッチが相手だもん』
『そんなことないでしょう……あ、あ、硬いわあ……奥に当たって気持ちいい……』
『俺もだよ……いい……シマッチだったら何回でも立つさ。セクシーだ』
『お世辞ね』
『いやほんとさ。こんなにエッチだとは想像しなかったよ』
『牧原君だってエッチで驚いたわ』
『またこうして会ってもらえるかい？』
『こうしてって？　セックスするってこと？』
『そう』
『もちろんよ。待ってるわ』
『嬉しい……嬉しいよ』
『あ、ああ』〉
「牧原君、対面座位で私のお尻を両手で摑んで開くようにしたの」
「玲子が好きなやつだな」

「そう。すごくよかった」

牧原は椅子に座った状態でさんざん楽しんだ後、

〈『シマッチ、立って』〉

と促している。

容易に予想がつく。

「窓際で立ちバックだな？」

「そう。私に窓の外を眺める体勢をとらせて、足を開かせたわ」

ホテルの部屋を覗かれる心配はなかったのだろう。いや、覗かれても構わなかったのかもしれない。

だが、朝の太陽光線で見る玲子の全裸はまた格別だっただろう。

〈『シマッチ、外見ててよ。もう通勤始まってるだろう？』

『うん、歩いてる人いるね……あ、ああん、気持ちいい……』

『ほら、ほら、仕事に行く男たちにシマッチのよがる姿見せてあげなよ』

『フフ……いやだ……ね、もっと動いて』

『こう？』

『……そうよ……当たる、当たるわ……』〉

また淫らな玲子の独唱が始まった。
男の方は何かの修行のようにひたすら突くことに専念し、玲子だけがよがるのだ。
「私、途中で片足を上げたの。椅子の肘《ひじ》かけに」
より深い挿入を求めて、片足を上げる痴態を見せたわけだ。
男の興奮はさらに高まっただろう。
〈『あ、ああ、いいわあ……』
『……ン……ン……いいかい?』
『うん、いい……もっと突いて……深く……ああ、いいわ……』
『チンポいいかい?』
『いい……牧原君のチンポいい……もっとちょうだい……』
『あげるよ……ほら……ほら……』
『ああ、いい、いい』
『その代わり、この次もオメコしようね』
『うん、する……あ、あ』
『オメコいいだろ?』
『うん、いい……あ……いい……』

『俺としたいだろ？』
『うん、したい……したいよ……』
『何がしたいか言って』
『……あ、あ……牧原君とオメコしたい』
『したいの？』
『……オメコしたい……』
『欲しいの？』
『……牧原君のチンポ欲しい……』〉
玲子はサービス満点だ。男の欲しがる淫語を次々に発する。
〈『あ、あ、イキそうだ……出そうだよ……』
『……あ、あ、いい……』
『どうしよう……コンドームつけてない』
『……いいわ、続けて……飲んであげる……』
『……ン……いいの？……出すよ』
『いいわ……もっと突いて……イクとき教えて……』
『ン……ン……あ、あ、いい』

『……いいわ、いいわ……あ、あ……』

『ダメだ……イクよ、シマッチ……』

『いいのよ……イクときに抜いて』

『あ、あ……シマッチ……ダメだ』〉

カタン、と椅子から玲子が足を降ろした音がして、何やら慌ただしい雰囲気が伝わってくる。

「飲んだのか？」

「飲んだわ。牧原君の精液……妬ける？」

二人はベッドで抱き合って録音を聞いていたのだが、玲子は上半身を起こして春彦の目を覗き込んで言った。

またあの炎だ。

玲子の目の奥には、サディスティックに夫を苛《さいな》む淫らな炎が点《とも》っている。

「たくさん出たわ、精液……」

「う……」

「全部飲んであげたの、私。あなた以外の男の精液を飲むのは初めてよ。牧原君、感激してたわ」

夫公認の浮気を決行してみて、玲子は当初の予想以上に楽しんだようだ。というより、この奇妙な快感の虜《とりこ》になったかもしれない。

春彦の方は完全にそうだ。

脳がクラクラしているような強烈な快感。これを味わった今、病みつきになること確実だ。

録音の中では二人は朝の身支度を始めた。

ほんの数時間で三回射精した牧原はすっかり満足して、明るい声で玲子に語りかけている。

服を着た二人は朝食を摂りに二階のレストランに降りる。

「部屋に戻る前にあなたにメールしたの」

早起きしてその二人の姿を見に行けばよかった、と春彦は思ったが後の祭りである。

再び部屋に戻ってからはしばらく真面目な話が続く。

テレビでニュースを観ながら世相を語り、牧原の仕事の話もしている。

しかし、しばらくすると服は脱がないものの、椅子の上で抱き合い接吻を始めている。

「十一時にはチェックアウトしなければならないから、またベッドに入ろうとは思わなかったわ」

それからしばらくして、

〈『じゃ、出ようか』〉

という牧原の声が入っているが、そこからが玲子の解説によると、

「もう出かける用意できてて、私もお化粧すんでたんだけど、立ち上がってからまた、どちらからともなくキスして……ほら、ここね。キスしながら彼、私のお尻をまさぐりだしたの。私は（え？）とは思ったんだけど、だんだん感じてきて……変な声出してるでしょう？　結局スラックスを下ろされて、パンティも脱がされて……クローゼットの横の鏡に映しながら立ちバックでしたの。ほら彼言ってるでしょう？」

牧原はさかんに、

〈『ほら、見てごらんよ。何されてるか言ってごらん』〉

と言葉責めをしている。

春彦は牧原が見たものを頭の中に浮かべた。黒いセーターを着たまま、黒のスラックスを膝まで下ろした玲子。下着も黒だ。黒と黒の間で玲子の白く大きな尻が男に向けられる。

絶景だったろう。

「牧原君、三回射精したとは思えなかったわ。硬かった。すごく。昨夜の最初のときと変わらないくらい、もしかしたらもっと硬かったかも……」

「鏡でどんなのを見た？」

「最初は鏡に向かってしてたんだけど、途中で横を向かされて……私に牧原君が入っている

ところがはっきり見えたわ。太くてゴツゴツしたのが。いやらしかったわ。私〝犯されてる〟と思った。目で見てはっきり悟ったの、牧原君に征服されたって」

そうだ。それでいい。

昨夜は妻が他の男のものになったのだ。征服されたのだ。

この快感を誰にどう伝えれば理解してもらえるだろうか。

妻を奪われる快感。

その夜、録音をヘッドフォンで聞きながら玲子に肉棒をしごかれ、春彦は二度目の射精を迎えると朝までぐっすり眠った。

第三章　夫婦の趣味

録音は東京駅で牧原を見送るまで続いていた。

牧原は新幹線が発車する直前まで、次回の逢引きについて話している。

もう玲子に夢中なのである。

しかし、実際には次の出張のスケジュールを自分の一存ではコントロールできないわけで、そこがサラリーマンの弱みといえた。

一か月か二か月に一度の逢引きペースになる。

「ちょうどいいんじゃないか？」

春彦がそう言うと、

「そうね、あんまり頻繁に会うのは面倒だわ」

と玲子もあっさり言った。

結構牧原に対して薄情である。そんなに思い入れはないということらしい。

それが春彦には複雑な思いを起こさせた。

仕組まれた間男である牧原に対して、

（ざまあみろ！）

と毒づきたい気分もあるが、逆に玲子に本物の恋愛のような態度を取ってもらって、嫉妬に苦しみみたい気もする。

ただこの玲子の割り切り方があるかぎり、春彦の「寝取られ願望」は夫婦の共通の趣味として継続できそうだ。

大阪に帰った牧原は頻繁にメールしてくる。だが、細君にバレるのを恐れているのか、時間帯的に限られていた。

その事情は理解しているから、こちらからの返信メールも限られた時間にした。

困らせるつもりもあり、試しに玲子の性器の画像を添付して送信したところ、完全に勃起したペニスのメールを返してきた。

玲子も面白がって、次々に際どい文章や画像を送っている。

もちろんすべて春彦と相談の上である。

あの日から玲子は少し変わった。いや、少しとは言えないかもしれない。春彦の「寝取られ願望」に積極的に応えようとしているのだ。

そもそも潜在的に男を手玉にとる才能があったのかもしれない。小悪魔的な一面が、変態的な夫によって開花したということなのだろうか。

「あの人、ちょっと私に気があるみたいよ」

「彼、いやらしい目で私を見たわ」

と、周囲の男たちの性願望に敏感になってきた。

何ごとにおいても初体験さえ終えれば、後は度胸がついて簡単になるものだ。玲子の浮気へのハードルはもうほとんどないに等しい。

玲子は「ヘルスハウス」というスポーツジムに通っていた。それも毎日だ。平日は一人で通い、休日は春彦を誘って行く。

春彦は適当にマシントレーニングをしてエアロバイクを漕ぎ、どちらかというとその後のサウナを楽しみにしているタイプだ。

玲子は違う。

スタジオでのヨガやエアロビクスをこなした後で、ランニングなら軽く十キロ走るし、プールに行けば二千メートル泳ぐ。

その結果学生時代の体形をキープしていて、水着やスポーツウェアで立っていると二十代に見られる。

一昔前ならスポーツジムには不倫相手目当ての会員が結構いたというが、最近はもっと真剣に運動に取り組む雰囲気になっている。だから、頻繁にジムに通っていても、玲子に声をかける男はいなかった。

春彦は勝手にそう解釈していたが、それは見当違いだったようだ。

要はこれまでは玲子に隙がなかったのだろう。玲子は根っからのスポーツウーマンである。中学時代は卓球で県大会に出場したし、高校ではインターハイの常連であるハンドボール部に二年まで所属していたという。こと運動になると真剣になってしまうのだ。

その点、大学付属の私立中学高校に通い、東京都内で軟弱に過ごしていた春彦とは根性が違う。

それが変わった。

結婚十二年目の牧原との初めての浮気から、玲子は全身から不思議な色気を醸し出すようになっていた。

「最近、ヘルスハウスでよく話す人がいるの」

金曜日の夕食の席で玲子が言い出した。

「誰？」

「梶さんていうんだけど、あなたも見たことあると思うよ」

ヘルスハウスの夫婦会員になってから五年ほどになる。春彦も何人かの会員とは顔見知りであるが、名前まで知っているのはほんの二、三人だ。

「どんな人だろう？」

「年齢は五十歳で、身長は一七五センチぐらいかな。髪は短くしてて……そうだ、いつもオレンジのシューズでトレーニングしてるわ」

「ああ、あの人が梶さんか」

その男なら、春彦も何度か他の会員と話しているのを見かけたことがある。気さくな感じの男だ。高校まで野球部、大学ではアメリカンフットボール部に所属していたとかで、いい体をしている。二の腕など春彦の二倍はあるだろう。

「私も前から顔は見かけたことあったんだけど、このところ毎日会って話してるわ」

そう言う玲子の目は妖しい光を宿している。春彦の胸の奥がチクリとしたが、まだ針を刺したほどの痛みでもない。

「俺も他の人と話しているのを見かけたけど、いい人だったな。何してる人なんだ？」

「そう、私も不思議に思ってたの。だって平日の昼間からトレーニングしてるんだもの。聞いてみたら作家なんだって」

「作家？」

「小説や、劇画の原作を書いてるそうよ」

もしかしたら春彦も気づかぬうちに、梶の作品を目にしているかもしれない。いずれにしろ、これで彼が自由に時間を使っている理由はわかった。

「どんな話をしてるんだ？」

「最初は『何のスポーツしてたんですか？』って話しかけられて、お互い年齢を聞いてびっくりして……だって梶さん五十代なんて思えないでしょう？」

「そうだな」

「それからトレーニングのやり方や、プールでも会うから泳ぎのフォームのことなんかを話してたの」

「スポーツジムでの会話としたらふつうだろう？」

「それが先週、『鈴木さんは色っぽいね。俺も十年若かったら口説いてたけどね』って言うから、『今でも十分お若いじゃないですか』って言ってあげたの」

「へえ、それはうまい返しだったな」

「そしたらまた『だって一回り以上違うんだよ』って。『二十歳過ぎたらみんな同じおとなよ』って答えたわ」

「そしたら何だって？」

「なんか嬉しそうにしてた。それから私を名前の方で呼ぶようになったの」

「なんで？」

「私がそう言ったの。『これからは下の名前で呼んでください』って」

「そう呼んでる？」

「呼んでくれるわ。『玲子ちゃん、玲子ちゃん』ってね」

それからは平日にはトレーニングの時間を合わせることもあるようだ。玲子が、

「明日は二時からのヨガに出ます」

と告げると、ヨガのクラスが始まる前から梶が来ているのだという。

「面白いことになりそうだな」

「そうでしょう？」

そういう玲子は褒めてもらいたがっている子供のような表情をした。確かに大手柄だ。

春彦にはそんな玲子がさらに綺麗になったように思える。

翌日の土曜日は夫婦でトレーニングに行った。

ジムのフロントで別れてそれぞれ男女のロッカールームに向かい、春彦はトレーニングルーム、玲子はプールに行った。

夫婦でいるところを梶に見せたくなかったのだ。

春彦が入っていくと、梶は奥のコーナーでベンチプレスをしていた。バーベルのウェイトを計算すると一三〇キロある。

作家にそんな筋肉が必要とは思えないが、体を鍛えるのが趣味なのだろう。

春彦は適当にマシンを使いながら、梶を観察した。

何しろ毎日通う熱心な会員だから、顔見知りが多いようだ。気さくに挨拶を交わしている。

だが、特別に話し込むほど親しい人間がいるわけではなさそうだ。

つまり真剣にトレーニングしているのである。とうとう最後まで女性の会員に親しげなふるまいを見せなかった。

(いいぞ)

春彦は嬉しくなった。

梶にとって玲子は特別な存在といえそうなのだ。

その後、タイミングを見計らって梶と一緒にサウナに入った。

さすがに梶はいい体をしている。並んで座っている他の会員より一回り大きい。胸囲は軽く一メートルを超えるだろう。大胸筋が目立つ逆三角形の上半身だ。

サウナから出る梶の後姿を見ると、尻も大腿もぐっと筋肉が盛り上がっている。

(ボディビルダー並みだな)

ことさら体を見せびらかすようないやな自意識は感じなかったが、この裸の前では貧弱な男はコンプレックスを感じるだろう。

サウナを出てシャワーを浴び、ロッカーに戻るとまた梶に会った。

こちらを向いてバスタオルで体を拭《ぬぐ》っている。

でかい。

玲子によれば牧原のペニスは春彦と同じぐらいの大きさらしいが、この梶のペニスはでかい。

腕の太さは春彦の倍あると思ったが、ペニスもまさしく同じ倍率だ。長さは倍とまではいかないだろうが、おそらくフル勃起すれば容積に倍以上の開きができそうだ。

玲子と示し合わせていた時刻にロッカールームから出て行くと、梶の姿はもう館内になかった。

玲子には梶のペニスのことを報告した。

「あれはすごいよ」

「そんなに？」

「どうだ、玲子。そんなすごいの見たことあるかい？」

「あるわけないでしょう。ちゃんと見たのはあなたと牧原君のものしかないんだから」

「梶さん独身なのか？」

「バツ一だっていってたわ。今は一人暮らし」

「玲子が結婚してることは知ってるんだろう？」

「話してあるわ。夫婦会員だって」

面白いことになりそうだ、と春彦は思った。

面白いことになりそうだ、と確かに期待した春彦だが、こんなに早くとは予想していなかった。

二人でトレーニングに行った翌々日の月曜日、春彦は飲み会で帰宅が遅くなった。ところが、いつも自宅で帰りを待ってくれている玲子がいない。

ピンと来るものがあった。今日も午後から玲子はヘルスハウスに行ったはずなのだ。

午前零時を回ったところで、玲子からメールが入った。

件名……〈ごめんなさい〉

本文……〈浮気したわ〉

いい。

春彦の疲れは吹き飛んだ。脳みそがたぎり、腹の奥の方から熱くなって勃起が始まった。

十五分もしないうちに玲子が帰宅した。

「ただいま」

「おかえり」

玄関まで迎えに出ると、牧原のときと同じく肌を艶々させた玲子が抱きついてきた。

「メール読んだ？」

「読んだよ」

「ごめんね」

「謝まることないさ。浮気してくれって頼んだのは俺だ」

「違うの。ＩＣレコーダーを忘れたのよ」

つまり今回は録音がないということである。

「そうか……それは残念だな」

「だって急だったんだもん。でも全部話してあげるから聞いて」

玲子は聞かせたがっている。その目に例の炎が見えた。

食事は二人ともすませている。春彦だけシャワーを浴びて寝室に入った。

玲子はすでに全裸でベッドに横たわっていた。

「梶さんだな？」

「そう」

春彦も全裸になってベッドに入ると、玲子は首に両手を回して抱きつき長いキスをした。

玲子は少し酔っているようだった。ふだんよりも春彦に甘えるのだ。

それから熱く語り始めた。


月曜日はね、いつもスタジオのピラティスに出てから泳ぐことにしているの。五時まで子供たちのスイミングがあるから、泳ぐのはそれからね。ヘルスハウスを出るのが六時半とか七時になるのがふつうかしらね。

今日もその予定だったの。

スタジオに入るときにストレッチしている梶さんを見たわ。ピラティスが終わってプールが空くまでエアロバイクを漕ごうと思ったら、そこに梶さんもいたわけ。隣同士のバイクで汗を流したわ。

私最初に、

「土曜日に主人が梶さんを見たそうです」

ってあなたのことを話したわ。梶さんはあなたのことがまだわかってないみたいだけど。

そのときにあなたの飲み会のことを話したの。今夜は遅いみたいだから、私は一人で夕食だ、ってね。

プールでも梶さんと一緒だった。

でもいつもと違ったの。梶さん、私を見てたわ。あれは泳ぎを見ている目じゃない。私の体を見てるの。品定めしているみたいに。

それでわかった。

私を狙ってる。

ちょっと嬉しかったわ。私も梶さんのこと、素敵だと思ってたのよ。才能もあって立派な体してて。でしょう？

「終わったら、一緒に食事どうですか？ どうせ僕はいつも一人だし、玲子ちゃんも今夜は一人でしょう？」

プールから上がるときにそう言われた。ちょっと考えるふりして、ＯＫしたわ。だってすぐに答えたら待ってたみたいで変だから。そんなことないかしら？

それからお風呂で体を入念に洗った。特にお股をね。石鹼をたっぷり使ったの。

梶さん外食が多いんだって。一人暮らしだものね。それも近所で食べるからって、駅の近くに行ったんだけど、いろんなお店知ってたわ。

「少しお酒も飲む？」

って聞くから、

「日本酒が好きです」

そう答えたら「酒仙洞」というお店に連れて行ってくれたの。そこはね、和食の居酒屋なんだけど、ちょっと高級感を演出していて、全席個室なの。

案内された部屋は、入口の襖を開けると掘りごたつみたいに足を下ろせる和室になっていて、六人が定員だったみたい。隣の部屋とも襖で仕切られてて、襖の上は壁がなくて開いているから、隣の声はよく聞こえるんだけどね。だからホテルみたいな個室とは違うわよ。

梶さんが奥に入って、私が手前でテーブルを挟んで向かい合ったわ。梶さんが背中を向けている方は窓になっていて表が見えるけど、お店は二階だから外から覗かれることはないの。

お料理もおいしかった。今度二人で行きましょうか？

梶さんはおいしいお酒をよく知ってたの。

「これ飲んでごらん」

メニューの中から選んでくれるからそれを飲むんだけど、はずれがなかったわ。

私、いつもよりも多めに飲んだかもしれない。ちょっと酔った感じ。初めて梶さんと一緒に飲むから少し緊張もしてたんだけど、酔いも手伝ってだんだん打ち解けてきたの。

際どい話っていうか、ワイ談じゃないんだけど、梶さんは作家だからいろんなこと知ってた。ゲイの話とか、六本木のＳＭバーやハプニングバーの話をして笑わせてくれたわ。

それで私も調子に乗って、つい言っちゃったの。

「この前ヘルスハウスのお風呂で主人が見たそうなんですけど……」

ってね。おかしいでしょう？　そんなこと言ったの。

「梶さんってすごく立派なものをお持ちだそうですね」

梶さん、さすがよ。動揺しないで、ニヤッと笑ったわ。それがまたかっこいいというか色っぽいというか、とにかくおとなな感じだったわけよ。

そのとき私ちょっと惚れちゃった。

ね？　妬けるでしょう？

私はかなり飲んだから、何度かトイレに立ったわ。

そしたら梶さんが変なこと言うの、

「女性が何度もトイレに立つと欲情するんだ。何回も下着を下ろしてあそこを外気に晒すでしょう？　それで興奮してくるらしいよ。だから女を落とすにはまず飲ませるわけさ」

何回目かにトイレから帰ってきたら、

「玲子ちゃん、こっちにおいでよ」

って、梶さんの隣に呼ばれたの。

そのときには頼んだ料理は全部運ばれてて、あとはこちらから呼ばないかぎり店員は来ないのね。それがわかってて、私はテーブルを回って梶さんの隣に座ったわ。

「お酌します」

一応そう言ってね。

梶さんも少し酔ってたけど、嫌な感じの酔い方じゃなかった。変にスケベなセクハラオヤジとかじゃなくて。

ほんとのおとなね。

でも何度かお酌しているうちに、梶さんが私の肩を抱いたの。

「玲子ちゃんは本当にきれいだね、スタイルもいいし」

そう言って。

私は梶さんの原作でいくつか映画やドラマになったものもあるって聞いてたから、

「そんなこと言って、梶さんはきれいな女優さんにたくさん会ってるんでしょう？」

そう言ってみたの。そしたら、

「いやあ、こんなきれいな女優さんは見たことないよ」

だって。

ふふふ、いいでしょう？

あら、いやだ。私、まだ酔ってる？

それでね、私はどうせ今は酔ってるからいいや、と思って、

「あら、嬉しい。お礼にキスしてあげる」

って梶さんのほっぺにキスしてあげたの。チュッて。

そしたら梶さん私の肩に回していた右腕でぎゅっとして……私の唇を奪ったわ。

梶さん、はじめは唇を重ねただけだったけど、すぐに舌も入れてきたの。私も舌を入れた。

しばらくそうしてディープキスしてた。

おいしいキスだった。牧原君よりもずっとおいしいキスだったわ。

あなたは別よ。あなたのキスは別。

私は梶さんの体の中に包みこまれた感じで、手のひらに大きな胸の筋肉が触れて、

「すごい体ね」

ってキスしながら言った。

「君もね、いい体してる」

左手も回して、完全に私を抱いて梶さんが言ったわ。

すごくいいムードになってたんだけど、私このままだとちょっと重いなあ、って思うところもあって、もう一度、

「主人が言ってたけど、梶さんすごいもの持ってるんですって？」

そう軽く言ったの。

梶さん、今度は声を出して笑ったわ。

そして抱きしめてた私の体を解放してくれたけど、

「それじゃ玲子ちゃん、確かめてみるかい？」

もっとすごい話になってきたの。

でも私は冗談のペースで押し通したわ。どうせ酔ってるしと思って、

「見せて」

そう言ったら、

「待って」

梶さん、座り直してジーンズのベルトを外したの。それからチャックを下ろして、ジーンズと下着を一緒に持って下げた。

キスの少し前から梶さん興奮してたみたい。もう大きくなり始めてた。

あなたの言ったとおりね。すごく大きかったわ。

「ほんとに大きい。触っていいですか？」

「もちろん。触ってくれよ」

触ったらまた大きくなって。私、グッと握ってみたけど、親指と中指の先がつかないの。文字どおり手に余るわけ。

私酔うと変になるみたいよ。そのましごいたわ。なんというか思考が停止した感じで、黙ってしごいて、そのまま口にくわえてたの。

梶さんは屈《かが》みこんでフェラチオする私の背中をさすって、

「玲子ちゃんは積極的なんだねえ」

だって。それはそうよ。言われもしないのに、自分からフェラチオする女なんてね。呆れられたかな?

隣の個室のグループの笑い声が聞こえてた。こんなところで、と思って自分でも信じられなかった。私、こんな女だったかしら、って。こんな場所でフェラチオするような淫乱な女……そう考えたら興奮してきた。

濡れたわ。

梶さん、

「ああ、いいよ、玲子ちゃん……もうダメだ。ね、今から家に来ない? すぐ近くだから」

って言いだしたの。

「イキそうなの?」

「ああ、玲子ちゃんがあんまりフェラチオ上手だからイキそうだよ」

「私も濡れてるわ」

「じゃ、早く家に行こう」

それで「酒仙洞」を出て、梶さんの家に行った。

梶さんの家は、ほら、昔本屋だった薬局があるでしょう？　その隣にコンビニがあって、お寿司屋があって、その次の角に大きなマンションがあるでしょう？　あそこよ。そう、駅よりもヘルスハウスに近いわ。

そこの最上階の3LDK。リビングが広くて、一人暮らしには大き過ぎるマンションよ。

いい所だと思ったけど、家に入ったとたんに梶さんの人格が変わったわ。

やっぱり芸術家は変態なのかしら。ちょっとSM系。

私もSMはよくわからないけど、リビングに入ってすぐ梶さん何もかも脱いで真っ裸になったの。

まあ自分の家だからね。そういう習慣ならそれもいいと思ったんだけど、振り返って私に向かって、

「ほら、玲子、しゃぶれ」

仁王立ちになって言うの。

私もそういうのに合わせようと思って、跪《ひざまず》いてしゃぶった。私はまだ服を着たままよ。

私にフェラチオさせながら、

「どうだ、おいしいか玲子。玲子、お前はスケベだな。淫乱だ。亭主がいるってのに、なんだ。他の男のチンポしゃぶって。亭主が知ったら泣くぞ……」

梶さん罵声を浴びせるの。

私の口の中のものはもうビンビン。すごかった。

「よし玲子。服を脱げ」

私、立たされて服を脱いだ。梶さんじっと見ながら、

「ほんといい体してるよな……たまんないよ……いい乳してる……ケツもいいなあ……なんだ……玲子、剃毛してるのか、ほんまもんの変態だな」

今度は私が仁王立ちさせられた。肩幅より少し広めに足を開いて、その間に座りこんだ梶さんが私のあそこをいじりだした。

「おお、いいなあ……濡れてる……スケベだからなあ……チュバッ」

それから口で。

「ンム……ンム……ンム……」

って夢中になって舐めるの。

私も変になってきて、

「あ……あ……いい、いい……気持ちいいわ……」

お尻を振りだしたの。リビングに大きなテレビがあったんだけど、ついていないその画面が鏡になって、私たちが映ってた。いやらしかったわ。自分でもお尻の振り方がいやらしいと思った。

「ああ、もうダメ……して」

私は降参して自分の股の方を見て言ったわ。

梶さんは顔半分を私の股の下に隠して、目だけこちらを見上げてる。

「何だ？……何してほしい？……」

舌を私のあそこに使いながらそう言うの。

「して……」

「だから何をだ」

「梶さんのをください」

「俺の何だ？」

「チンチン」

「子供かお前は。チンポと言え」

「チンポ……梶さんのチンポください」

「やれるか！　違うだろ、どうするんだ？」

「入れてください……私に」

「ハメてほしいのか？」

「そう、ハメて……」

「ちゃんと言え」

「梶さんのチンポを私にハメてください」

これが言わせたかったみたいで、梶さんそれ聞くとさっと寝そべった。

「亭主がいるってのにしようがないなあ。ほら、勝手に自分でハメろ」

リビングの真ん中で梶さん大の字になって、ビンビンにさせてた。

私、その上をまたいで立って、腰を下ろそうとしたんだけど、途中でちょっとためらったの。

だって大きいのよ。

(こんな大きなもの入れたことないわ)

そう思って、一瞬怖くなった。

「ほら、早くしろ。ハメたいんだろ？」

って梶さん言うんだけど、でも言葉の内容と裏腹に、何か声が優しいの。

「心配ないよ」

って言ってるみたいに聞こえたわ。

私、和式トイレにしゃがむみたいに腰を下ろしていった。

梶さんのものの幹の部分を握って狙いを定めたの。亀頭が子供の拳《こぶし》ぐらいあるのよ。それを入口にあてがって、ググッて。

入った瞬間に、

「ハ、アッ」

って声が出たわ。でも痛くはなかった。

そのまま腰を下ろしていくと、すごい充実感で、なんていうかすごく満たされた感じ。

ほんとに心配なかったわ。根元まで入ったの。

「ほら、ずっぽり入ったろ」

梶さんは私のあそこに自分が入っていくところを下からじっと見てたのね。

しばらく二人とも動かなかった。

私は子宮が突き上げられて、完全にいっぱいになった感じ。

梶さん、優しい顔に戻ってた。

「ああ、いいよ玲子ちゃん……柔らかいねえ、君は……それにあったかい……ああ、気持ちいい……最高だ……」

それから梶さんはゆっくり上半身を起き上がらせてきた。私は跨《また》がったまま。

そう、対面座位。

梶さん私を抱き締めてくれた。私も梶さんの広い背中を抱いたわ。

そしてディープキス。優しくてさっきのサドっぽい梶さんは何だったんだろうって感じ。

梶さん微妙に腰を動かし始めたの。ピストン運動じゃなくて、座った腰が床を支点にして前後に揺れる感じ。

私もブランコかなんかに乗ったみたいに揺れたわ。

「あ……あん……」

って感じて悶えてしまったの。

梶さんの大きなものが奥までぴったりハマってて、揺れるたびに梶さんの根元にクリトリスが擦りつけられるのよ。

「すごい……すごいわ、梶さん……」

「そう……そんなに感じるかい？」

梶さんはあくまで優しいの。私を慈悲深く見つめる宗教家みたいだった。

その瞬間は私も信者だったわ。完全に取り込まれた感じよ。

「面白いことしよう」

そう言って梶さん一度抜いた。

私、くたーっとなってリビングのフローリングの上にそのまま寝そべってた。

梶さんは何かゴソゴソしてるな、って思ったら、

「ほら、玲子ちゃん、見てごらん」

見ると、大きなテレビに真っ裸で横たわってる私が映ってた。

梶さんはビデオカメラを三脚にセットしてテレビに接続してたのよ。

あとで聞いたらテレビは五十型なんだって。その大きな画面に私が映ってるの。

「ほら、玲子ちゃんの裸、きれいだろう？」

梶さんがそう言うの、私不思議な気分で聞いてた。恥ずかしいとは思わなかったわ。

梶さんが私に近づいてきて、それもテレビに映ってた。

「ほら立って」

梶さんに手をとられて私立ち上がった。でも半分現実感がなくなっていて、顔はテレビに向けて映っている自分と梶さんを見てたわ。

梶さんは立ったまま、私に片足を上げさせてハメてきたの。ハマるところがはっきり映っ

てた。

「ああ……」

テレビ画面の中の私に大きなペニスがググッと入ると、実際に私の中にそれが入るのがわかる。不思議な感覚。

梶さんは私のもう片方の足も上げさせて、お尻を両手で摑んでくれた。私は梶さんに抱きついてまるで蟬。

駅弁ファック？　あれそういうの？

梶さんそのまま家の中を歩き始めたわ。

窓のそばまで行って外を見たり、玄関に行ってそのままドアを開けたときには、私悲鳴を上げた。

「いやーッ」

って。でもそれも冗談みたいで、私はずっと悶えながら笑ってたわ。

梶さん私を軽々と扱うの。まるであの大きなペニスで私を串刺しにして支えているみたい。

そのうち私が抱きついてる梶さんの背中や肩の辺りがじっとり汗ばんできた。

「喉が渇いたね」

梶さんそう言って、そのままキッチンに入って、冷蔵庫から2ℓのミネラルウォーターを

出して一口飲むと、

「玲子ちゃんも飲んだ方がいいよ。お酒たくさん飲んだからね」

って私にペットボトルを渡してくれた。

「重いでしょう？」

私心配になったの。だって私は小柄な女とは言えないでしょう？

「重くないさ。平気だよ」

「でも汗ばんでるわ。座りましょう」

梶さんそのままリビングに戻ってソファに座った。私にハメたままよ。

私も喉渇いてたからペットボトルの水を飲むと、

「口移しで飲ませてよ」

っていうから、その対面座位のまま口に含んだ水を飲ませてあげた。

「私も」

今度は私に口移しで飲ませてくれて、それが楽しいの。

面白いから何度もしたわ。たくさん水飲んじゃった。

そして対面座位から私をソファに寝かせて、両手で私の足首を持って大股開きにさせると、
梶さん真上から突き始めたの。梶さんの片足は床について、もう一方の足はソファに膝をつ

いた形ね。

今度は自分の目で直接犯されているところを見られたわ。

私のあそこは天井を向いていて、梶さんの大きなペニスが血管を浮き出させて杭みたいに打ち込まれてるの。

私は体を二つ折にされて窮屈だったけど、

「ああ……すごい……すごいわ、梶さん……」

泣くようにしてそう言ってた。だって逃げようがないの。梶さんに完全に支配されてる。横を向くとその姿もテレビに映ってたわ。

梶さんは無言で、一回ごとに全体重をかけるようにして真上から打ち込んでくる。そのたびに一番奥にズン、ズン、って衝撃が来る。

「あ、あ……いい……いい……イキそう……イキそうなの、梶さん……」

「イケば……イっていいよ……気持ちいいんだろう？」

「うん、気持ちいいの……ああ……あ、ダメ！」

そのときよ。私から見えてる私のオマンコからシュッてオシッコが洩《も》れた。ほんの少しだけどね。感じすぎてオシッコ洩らしたみたいなの。

「梶さんやめて……ごめんなさい。オシッコ出ちゃった」

梶さん動きを止めたけどハメたまま、

「オシッコしたいの？」

って聞いてくれたから、

「そう、飲み過ぎたみたい。オシッコに行かせて」

そうお願いしたわ。

それから先のことはあなた驚くわよ。

「そうか、じゃ、オシッコしよう」

そう言って梶さんは抜いてくれて、

「こっちだ」

って私の手を引くの。そしてリビングを出るときにビデオカメラも三脚ごと持って来たわ。

廊下に出て玄関の近くに行くとトイレがあるんだけど、梶さんはそこまで行かずに途中のドアを開けたの。そこはお風呂場だった。

「ここでして」

「え？　私オシッコするんだけど」

だってお風呂場なのよ。オシッコするところじゃないでしょう？

「見たいんだよ。玲子ちゃんのオシッコ」

「いやよ、トイレに行ってくるわ」

牧原君とセックスするときにいろいろあなたと取り決めしたけど、これは想定外でしょう？　私、ちょっと醒めかかったわ。

梶さん、また豹変したの。

「ダメだ！　ここでするんだ。小便してみせろ！」

そんなサドっぽくするなら私も逆らわない方がいいでしょう。私、黙ってお風呂場に入った。

「こっち向け」

梶さん三脚からビデオカメラ取り外して構えてた。

私がしゃがむと、

「よし、自分で広げろ」

命令されたとおりに両手を腿の外側から回して、あそこを開いたの。

「そうそう、よし、出していいぞ」

そう言われてもすぐには出ないわ。人前でオシッコしたのなんか小学校に上がるもっと前でしょう？

「早く！」

梶さんがきつく命令するとそれに体が反応してしまったの。

オシッコが出始めたわ。それもすごい量だった。気がつかないうちに溜まってたのね。

「おお、出た……いいねえ……美人のションベンはいいなあ」

梶さん大喜びよ。

終わると、

「終わったか、よしよし」

ってお風呂場に入ってきてシャワーを使って床のオシッコを流してくれた。

それから私の股間を洗いながらキス。また優しくなってる。

「よかったよ」

「オシッコが？」

「そう」

「私のオシッコが見たかったの？」

「そう。最高だった」

「オシッコ見て興奮するの？」

「そりゃそうさ。ほら」

見ると、梶さんのそれがこっちを見上げてた。ほとんど真上にそそり立ってるの。

「向こうを向いて」

私が言われるままに後ろを向くと、梶さんそのまま後ろから入れようとした。でもほら、シャワーをかけて洗ったから、私の愛液も流されているわけ。

「ちょ、ちょっと梶さん無理だわ」

「大丈夫だよ」

「ダメよ。濡れてないから」

お風呂場の構造はね、入口から入って左に湯船があって、奥の壁に鏡があったの。私、鏡に手をついて、左足を湯船のふちに乗せた。そしてお尻を突き出すと、

「舐めて」

ってお願いしたの。お願いかなあ？　命令だったかもしれないね。

梶さん、床に膝をついて舐めてくれた。クリトリスを吸うようにしたり、尿道口を舌先でつついて、

「ここからオシッコが出たんだ」

って言ったり、オマンコ全体を口で覆ってみたり。

「可愛いねえ……だんだん濡れてきたよ……おっと、ここも舐めよう」

梶さん、私のお尻の穴も舐め始めた。それが上手なの。

「ダメよう、汚いから」

「汚くない。おいしいよ」

さんざん舐めてから、

「よし」

って言って梶さんが立ち上がった。そして後ろから挿入よ。

向きが変わるとまた味わいが変わるのね。

「あ……あああ……大きいわあ……」

ほんとに大きさがよくわかったわ。あなたには悪いけど、入ってきて、もう終わりかな、と思っても、もう一突きあるの。奥の方に。

でもあなたとのセックスが一番気持ちいいのよ。本当よ。

最初ゆっくり抜き挿ししていたのが、だんだん早くなっていくわ。

「あ……ああーあー……あ……ああー」

ほら梶さんのものが大きい分、ストロークも長くなって、私の声もそれに合わせたようになるのよ。

鏡を見ると立ったままお尻を突き出して、逆三角形のいい体をした男に犯されてる私がいるの。

オシッコを撮ったときのビデオカメラも置きっぱなしだから反対側からの絵も見られるかなあ、ってぼんやり思ってたわ。

梶さんはその間、私との接合部分をじっと見ていたみたいで、

「すごい……すごいなあ……玲子ちゃん……こうしてゆっくり動くとね」

「あ……あああー」

「君の肛門も口を突き出したみたいになるんだよ……可愛いなあ、玲子ちゃんのお尻の穴……ご主人はここ使うの？」

お尻の穴を指で押しながら梶さんが言ったわ。アナルセックスのことを言ってるのはわかったけど、私、一瞬どう答えるか迷った。でも牧原君とのときに二人で決めたことだから、

「……そんなこと……しないわ……」

って言ったのよ。

「そう、ここは処女なのか……ああ……気持ちいいなあ……ねえ、ベッドに行こうか」

家の中のいろんなところで交わったあとでやっとベッドなんて、順番が逆みたいな気がするけど、気持ちよくて楽しかったからいいかって思った。

もう一度ちょっとシャワーを浴びてからベッドルームに行ったの。

梶さんてマメな人みたいよ。あんなゴツイ体してるけど。どこもきれいにしてた。

ベッドのシーツも清潔で、とても男の一人暮らしとは思えなかったわ。

そこで初めて正上位でしたの。すごくよかった。本物の恋人みたいで。

立ちバックとか、騎乗位とか、ちょっと刺激的な体位は遊びの匂いがするじゃない？

それに正上位は顔がふつうに向き合うからキスできるでしょう？

したわよキス。腰を使いながら。

梶さんは両手で私のお尻を抱えるようにしてたわ。

私は梶さんの首に両手をからめてね。

そしてキス。

「ああ……いい……いいわあ……」

「玲子ちゃん……温かいよ、ここ……気持ちいいなあ」

「あぁ……梶さん……大きくて素敵……」

「旦那のより大きい？」

「……大きいわよ……誰よりも大きいわ……ああ……いい……いっぱいになってるね」

「そんなにたくさんのチンポ知ってるのか？」

「……そんなには知らないよ……」

「ウソつけ……淫乱め……」

「私、淫乱？」

「淫乱さ……ああ、いい……」

「淫乱でいいわ、気持ちいいもの……ああ」

しばらくそうやってお互いを味わってたわ。ゆっくり腰を使って。

それから、

「……また喉渇かない？」

梶さんリビングに置いてきたペットボトルを持って来た。また口移しで水飲んで、

「今度は後ろからして」

って、私からおねだりしていつものポーズ。

梶さん、ちょっと間を置いて、水を飲みながらそんな私を眺めてたわ。

「ねえ、早く入れて」

私お尻を振って誘ったの。うんといやらしくね。

すると梶さんの目が変わった。

梶さん入れてくれて、途中から中腰になってガンガン突いてくれたわ。

私、狂った。

すごくよかったんだけど、そのうち、もういいのかどうかもわからないほど狂ったよ。

梶さんも狂ってた。

「どうだ？……どうだ？……玲子……え？……どうなんだ？」

もう私が返事できなくなっているのに、そう言って責めるの。

ピストンの勢いがついて、

「あ、あ、ああ……あああー」

って私が叫んで、マックスに興奮したときに、梶さんいきなり抜いて私を突き飛ばすようにしたわ。私はベッドにヘッドスライディングね。

しばらく二人でハアハア言ってたけど、

「やばかったあ。イクとこだったよ」

「イっていいのに。私はもう何回もイッたよ」

「おめでたになっちゃうだろ」

「コンドームつけるの？」

「いや、用意がない」

「どうする？　飲んであげようか？」

「飲む？　それもスケベでいいね、玲子ちゃん。ちょっと待って」

梶さん、ベッドサイドテーブルから何か出したと思ったら、私のお尻にローションを塗り始めたの。

いつもあなたが使うアナルセックス用ローションだとわかったけど、知らないふりするしかないじゃない。

「何それ?」

ってしらばっくれるんだけど、

「いいから、いいから」

って梶さんお尻の穴の周りにローションをたっぷりつけてるの。それで梶さんがアナルセックスに慣れてるのはわかったんだけど、あんな大きなものがお尻に入るか不安だったわ。そのうち梶さん、指をお尻に入れてきたの。ほら、一応お尻は処女ということにしてたから、

「あ、何するの、やめて!」

って抗議したら、

「うるさい!」

梶さん、またサディストモードなの。あれはあれでこっちは楽ね。いいなりになってれば満足してくれるから。

「お前みたいに、亭主以外の男のチンポを欲しがる売女にはこうしてやるんだ!」

私「バイタ」がすぐにわからなくて、ああ「売女」か、と思ったら吹き出しそうになったわ。

だってなんだか古臭いでしょう？

梶さん、ほんとに慣れてて指でまさぐられても、ちっとも痛くないっていうより、気持ちよかった。

「わかるか？　玲子、今俺の指が三本入ってるんだ。わかるか？　痛くないだろう？　もう大丈夫だ。これが入るぞ」

私うつ伏せになってたのを、梶さんにお尻を持ち上げられてまた四つん這いになったの。

「ほら、いくぞ」

ちょっと緊張したけど、最初にお尻の穴に圧力を感じたのは一瞬で、すぐに亀頭が貫通したのがわかったわ。

梶さん、ほんとに慣れてるわ、少しずつ徐々に入れてくれたの。口では、

「ほら見ろ、玲子の糞の穴に俺のチンポが入っていくぞ……」

ってサドっぽいこと言ってるのに、すごく気を使ってお尻を愛してるの。

「ほーら、根元まで入った」

私自分で触ってみた。本当だったわ。お尻の穴にあの太くて長いものが根元まで入ってた。

今度はゆーっくり引いていったの梶さん。たぶん、亀頭だけ収まっている状態まで戻して、またグーっと押し込んでくる。

それを何回か繰り返すうちに私のお尻の穴も練れてきて、だんだんテンポがあがってきた。大発見だったわ。お尻の方が大きなペニスでも平気なのね。ほら、前よりも奥行きがあるから、思い切り深く入れられたときも痛くないのよ。

オマンコは深く突かれたときに痛いことがあるもの。

今度も私は狂ったわ。

梶さんはもっと狂ってた。

女のお尻を犯すことに興奮するみたい。

「どうだ？……いいか？……いいのか？」

「いい……いいわ……いいです……」

「どこだ？……どこがいい？」

「お尻……お尻の穴……」

「肛門か？」

「そう……肛門です……」

「気持ちいいか？」

「……気持ちいいです……」

「どうして気持ちいい？」

「……あ……ああ……肛門を犯されて……気持ちいい……」

「ク……どこに……何が入っているか言え……」

「……あ……玲子のお尻の穴に……梶さんの……梶さんのチンポ……」

「よし、こうしろ」

梶さんは、お尻にハメたまま、私の右足をまっすぐ伸ばさせた。そうすると右足を下にして横向きに入れられてるような形になって、それから私の左足を前に伸ばさせて外側に回転させたの。そうすると、お尻で繋がったままでバックから正上位になったの。

屈曲位っていうの？　私は足を高く上げて、正面から梶さんを迎えた。

また両手を梶さんの首に巻きつかせて、キスしながらアナルセックスが続いたわ。

「ああ……いい……見えてるぞ……玲子の尻の穴に入ってるのが……見えてる」

「あ、ああ、恥ずかしい……」

「玲子、ほんとに初めてか？」

「初めてよ……あ……ああ……いい」

「初めてでも気持ちいいのか？」

「いいわ……ああ……いい……」

「俺もいい……玲子の尻の穴は最高だ……」

「あ……好きよ……梶さん……好き」

「俺もだ……あ……イク……」

「来て……たくさん出して……」

「もうダメだ……イキそう……」

「玲子のお尻にちょうだい……もっと深く……」

「あ……あ……イク……玲子！」

「梶さん……あ……」

梶さんのペニスが私のお尻の中でピク、ピクッて動いた。

気持ちよくて、全身がしびれてたわ。

梶さんもしびれてたみたい。

しばらく二人とも動けなかった。

そのうちズルっていう感じで、柔らかくなった梶さんのペニスが私の肛門から出ていったわ。

「洗わなきゃダメよ」

そう言ってからしまったと思ったわ。これじゃまるでアナルセックスに慣れてるみたいだもの。

でも梶さん、

「うん」

て素直にお風呂場に行ったの。私もついていった。

石鹸をつけて梶さんの立派なものを洗ってあげたの。

「梶さん、オシッコした方がよくない？　尿道に雑菌が入ってるかもしれないよ」

そう言ってあげたら、梶さんそこでオシッコしてたわ。シャワーで流しながらね。

「玲子ちゃんも精液出そう」

「え！」

梶さん、湯船の縁に腰かけて、立って背中を向けた私のお尻を広げて待つの。私も覚悟を決めていきんだ。

「おお、おお、出てきた、出てきた。俺のザーメンだ」

精液出し終わった後で、

「またオシッコしたくなっちゃった」

って言ったら、梶さんの反応がすごく早かった。

「お願いだ。飲ませてくれ」

「えぇー！」

それはダメよ、と思ったんだけど、彼は真剣で、すぐにお風呂場の床に寝そべってるの。

「してよ。この口にして」

「いやだあ」

「お願い」

「できないわ」

ここからがまたおかしいんだけど、サドっぽい人かと思った梶さんが一気にマゾになったの。

「お願いします。オシッコを口の中にしてください」

「いやよ、変態」

「してください。欲しいんです」

「こら、梶！　変態。スケベ。嫌いよ」

私は言いたい放題よ。面白かったわ。

でもどうしてもしつこいから、

「じゃ、もう一度お願いして」

「お願いします。オシッコを飲ませてください」

「玲子女王様」

「女神様がいいな」

「女神様」

私は、ゆっくり梶さんの口の上にしゃがんだの……


「で？　したのか？」

「したわ。一回目ほどたくさん出なかったけど」

春彦はときめきながら混乱していた。

「梶さん、それを飲んだのか？」

「飲んだわよ。一滴残らず。最後はオマンコにぴったり口つけてチュウチュウ吸ってたわ」

ほんの一か月前の玲子だと考えられないことだ。

「そのせいかな。私ちょっと醒めちゃった」

「醒めた」

「うん。梶さんのこと『好き』とかセックスの最中に言ってたのに」

「オシッコを飲ませるのがいやだったのか？」

「それは面白かったんだけど、その口にキスするのはいやじゃない？」

「自分のオシッコなのに？」

「いやよ。決まってるでしょ！」

玲子の中の常識のバランスが妙なことになっていた。

それが面白い。

「俺にも見せてよ。オシッコ」

試しに春彦が頼むと、

「いいわよ」

さっそく風呂場でご開帳だ。

貝が潮を吹いているような眺めだった。

「ねえ、飲んで。あなたも飲んでよ」

突然玲子がねだった。

躊躇《ちゅうちょ》することなく春彦はむしゃぶりついた。少し苦味のある塩味が喉を通過した。

「おいしいの？」

玲子はまだチュウチュウと吸い続ける春彦に尋ねた。

「おいしいよ」

「キスして」

「オシッコ飲んだのに？」

「あなたはいいの」

風呂場での接吻は夫婦の絆の再確認だった。

その夜、春彦は玲子の中で二回果てた。

第四章　秘密のビデオ

春彦にどうしても手に入れたい物ができた。

作家の梶が撮った玲子のビデオである。

ないものは仕方がない。牧原とのセックスのビデオも、梶とのセックスの録音も、ないものは手に入れようがない。しかし、梶とのセックスはビデオに記録されているのだ。

見たい。

牧原との録音によって、生まれて初めて味わう快感を得た。それが映像となればどれだけ興奮するだろう。

玲子はあの翌日から毎回ヘルスハウスで梶と顔を合わせているようだ。

「さすがにあの翌日に会ったときは、そうね、気まずいってわけでもないけど、変な感じだったわ。私より梶さんの方が照れてたみたいよ。そうよね、オシッコ飲んだ相手だものね」

玲子の方が堂々としていたらしい。

それはそうだろう。夫公認の浮気である。後ろめたさは微塵もない。

むしろ、十五歳年下の人妻に手を出した梶の方は、（お天道様の下を歩けない）気分でいるに違いない。

その心理につけこむ手もありそうだ。

春彦は自分のことを少しずつ梶に話すよう玲子に頼んだ。

「なーに？　私の夫は女房に浮気させて喜ぶ変態です、って言うの？」

「そうじゃないよ。うちの夫婦が冷めた関係でなくて、いまだに仲がいいことをそれとなく話してくれればいいんだ。そう、玲子が俺に愛されていることを教えてもらえればいい」

「それでどうなるの？」

「その方が今後の展開が楽になると思ってさ」

「ふーん。また誘われたら行ってもいいんでしょう？」

「当然そうさ」

「ふふ、エッチなんだから。じゃあＩＣレコーダーをいつも持っていなくちゃね」

玲子はこの状況を楽しんでいた。明るい表情で春彦の嫉妬心を刺激してくる。

相手は誰でもかまわない。牧原でも梶でもどちらでもいい。

二人でテレビを観ていて突然、

「早く牧原君の出張ないかなあ……」

と呟《つぶや》いてみせて春彦の反応を面白がったりするのだ。

牧原は頻繁にメールしてくる。ほぼ毎日だろう。

「まただわ……」

玲子はたまに面倒くさがって、携帯を春彦に渡して返信させた。そんなとき春彦は玲子になりきり、男の喜びそうな文面を考えるのだ。少し淫靡な匂いのするメールである。

その作業は、春彦の胸の奥をジュクジュクさせた。昔九州の温泉で熱い泥の中で大きな泡がプクプクと噴出する様を見たことがある。あんな感じで嫉妬心が心の水面に湧きあがってくるのだ。

自分の妻を装い、その浮気相手に恋文を送る。そのとき春彦が心の中に描く自画像は、惨めでありながら晴れやかなものである。

(そうだ。悪魔のように爽やかだな)

確信犯の変態は顔を上げてお天道様の下を歩けるのだ。

火曜と水曜は梶との間にふつうの会話しかなかったようだが、木曜日になって、

「今日、ヘルスハウスで梶さんにお尻触られたの」

と玲子が報告を始めた。

ヘルスハウスには、トレーニングルームの外にビルを周回するジョギングコースがある。

一周百メートルほどだが、住宅街を見下ろすいいコースである。

そこを玲子が歩いていると、後ろから追いついてきた梶が、並んで歩きながら尻を触ったという。

コースは進む方向が決まっているから、後ろにさえ気をつけていれば人に見られることはない。それで梶も大胆になったのだろう。玲子が外周コースに出たのを見てチャンスと思ったに違いない。

「玲子ちゃん……どう？」

そう言いながら、梶は右手で玲子の尻をまさぐり、そのまま手を伸ばして後ろから股間を触ったらしい。

歩きながらである。

「お前は何と答えたんだ？」

「どうって？　って聞きながら左手であそこを触ってあげたわ」

「硬かったか？」

「うん。梶さん硬くなってたよ。私のこと見てエッチなこと思い出してたんじゃないかしら。コースには私たち二人しか出てなかったから、トレーニングルームの前に来ると二人とも手を離して、見えなくなったところでまた触りあったの。スリルあったわ」

春彦は健全なはずのジョギングコースを歩きながら、互いの体をまさぐる二人を想像した。

エロい。

「梶さん、トレーニングルームのドアから一番遠い場所で立ち止まってキスしたわ」

「どれぐらい？」

「そんなに長い時間じゃないわ。怪しまれるもの。ほんの十秒ぐらい。でもディープキス。私も舌入れて応えたわ。そしたら梶さん、『唾をくれ』って。やっぱりあの人そういうフェチなのね」

「で、飲ませてやった？」

「うん。キスしたまま口に唾溜めてから出してあげたら、あの人しゃがむようにして下から受けて飲んだ。それからまたすぐ歩いて、今度は少し速足でね。トレーニングしているところ見せないとまずいから。そのときに梶さんはやっと用件を切り出したわ」

「今日もしないか、って？」

「そう。でも私はこれから夕食の買い物して帰るからって。梶さんは、ちょっとだけ家に寄って行ってってくれってさ」

「それでOKしたのか？」

「そう。これがそれ」

玲子がＩＣレコーダーを出したので、すぐにスピーカーに接続して再生する。

「ちょっと待ってね。ヘルスハウスのロッカーで電源入れたからしばらく何も録音されてないわ」

玲子がレコーダーを操作する。早送りで春彦の聞きたい個所を見つけてくれた。

「あ、ここね。ここからよ」

どうやら梶は、自宅マンションのドアを閉めた途端に玲子にむしゃぶりついたらしい。ガチャンという重い音の後に、「ハフハフ」という二人の息が聞こえる。

〈『玲子……唾、唾……』

『ウム……ム……ムフ』

『……もっと……』〉

音は鮮明に入っている。

「梶さん、私の唾を飲みながらスカートを捲くってパンティ下ろしたの。お尻が剝きだしよ」

〈パシッ……パシッ……〉

「尻を叩かれているな？」

「そう。キスしながらお尻を叩くの、梶さん」

玲子は尻を叩かれて感じるのか、

〈『あ……あ……』〉

と声を出している。

「梶さんね、私のお尻を叩くと興奮するみたいで、だんだん私のお腹に当たっているあれが棒みたいに硬くなってきたわ」

〈『上がって、ベッドに行こう』

『ダメ、一度上がったらこの前みたいに長くなるわ』〉

焦る梶に比べて玲子は冷静な声で答えている。こうなるとおしなべてオスはメスに振り回されるようだ。

〈『じゃ、ここで？』

『そう、出して……ほら、もうこんなになってる』

『ああ……』

『いやらしいわね。トレーニングしながら私のお尻を見てたんでしょう？』

『ああ、見てた』

『見て、それで？　何を考えてたの？』

『この前の……月曜のことを思い出してた……う……』

『思い出して硬くしてたのね。このいやらしいものを』

『そう……あ……』

『ほら、こうしてしごくとますます硬くなるわ……私の何を思い出してたの？』

『玲子の裸だ……真っ裸の玲子……』

『まあいやらしい……それから？　私のオッパイやお尻に触りたいと思ったんじゃない？』

『思ったよ。触りたいと思った』

『ほら触りなさい……お尻よ……それともオッパイがいい？』

『両方』

『もう……変態。ほらオッパイ……ああ、ダメ……嚙まないで……』

『ああ……』

『嚙むと痕が残るでしょう。うちの主人に見つかったらどうするの？　彼、毎日私の裸をチェックするのよ』

『ほんとに？』

『ほんとよ。私たち毎日お互いの裸を見るわ』

『仲いいね』

『仲いいわよ。私のあそこの毛を剃るのも彼の仕事よ。ほら……きれいでしょう？』

『ほんとにきれいに剃り上げてる』

『彼、このスジマンが好きなんだって』

『俺も好きだよ。玲子のスジマン……』

『じゃあ、舐める？……ダメ、私が先にこうしてあげる……』

『あ、ああ……玲子……』》

しばらくは梶の悶える声しか入っていない。最近、玲子は女性雑誌で読んだバキュームフェラというやつを覚えた。さかんに春彦のものをくわえていたが、テクニックの向上を目指したのはこういうときのためだったのか。

（俺は練習台か）

そう思って、春彦の頰が緩んだ。

「何を笑ってるの？」

玲子が見とがめる。

「いや、玲子は他の男のために一所懸命俺で練習したな、と思ってさ」

「そんなことないわよ。あなたに気持ちよくなってほしかったの」

驚いたことにそう言う玲子の目は真剣だった。

「わかってるさ。でも俺は玲子にもっと淫らになってほしいんだ」

「なってるじゃない。ほら今梶さんにフェラしてあの大きなものをカチカチにしてるところよ。あなたが喜ぶと思ってこうしてるの」

〈『ああ……ダメだよ。気持ちよすぎる』

『じゃあ、今度は私を気持ちよくして……ほら、舐めて』〉

ガサガサと体勢を変える音がする。

「どうしたんだ？」

「スカート捲られたままでお尻を突き出して、後ろから舐めてもらったの」

〈『……いい……ああ、気持ちいいわ……梶さん上手よ……そこ、そこもっといじって……』〉

どうやら梶は、舐めながら指も使っていたらしい。

〈『一番思い出してたのはそこでしょう？　私のいやらしいところ』

『ムン……フン……そう……ここを思い出してた。形とか色とか匂いとか……それとチンポをハメたときの感触……』

『あ、ああ……ほんとにいやらしい……』

『それと……ここ……』

『ああ、いやだ……肛門ね』

『こうされると感じるか？』

『ああ……感じるわ……肛門感じる』

『……玲子……オマンコに入れさせてくれよ』

『そのいやらしいものを入れたいの？』

『ああ入れたい……玲子も欲しいだろ……これ……ほら握ってくれよ』

『……硬い……いいわ、入れて』

『なんだそれ……欲しいんだろ？』

『……いや……』

『ほら、もうこんなになってる……ビチョビチョだよ。欲しいんだろう？　俺のこれが』

『あ、ああ……やめて……』

『正直に言えよ』

『そうよ……欲しいの』

『だろ？』

『入れてよ……梶さんのチンポ』

『よし、入れてやる……』

『あ、あああ……すごい……』〉

ここまでの会話で春彦はフル勃起していた。

「玄関ホールで靴を履いたまま、服も着たままで立ちバックよ」

「なんだ、すごく感じてたみたいだな？　ビチョビチョだって？」

「そんなこともないわ。ふつうよ」

玲子の言い方は何か意地になっているようだ。他の男の愛撫に本気で感じてしまうことが自分で許せないのだろうか。

玄関ホールで靴は履いたまま、性器だけ露出させてサカっている図は卑猥そのものだろう。当事者の二人もそれに燃えるのか、声をひそめながらも淫らな言葉を連発している。

〈『ああ、いい……玲子のマンコは最高だ……』

『ほんと？……玲子いいの？　他の女よりいいの？』

『ああ、最高だ……気持ちいい』

『あ、あ……嬉しい……』

『俺のは？』

『いいわ……もっと奥に入れて』

『こうか？』

『そう……そうよ……いい……もっとこすって』

『チンポいいか？』

『いい……チンポいい』

『俺のチンポをハメて嬉しいのか？』

『うん……嬉しい……』

『何が嬉しいか言えよ』

『……いじわる……あ……梶さんのチンポ……ハメてもらって嬉しい……ああ』

『へへ……』〉

珍しく梶が下品に笑った。玲子に屈辱的な言葉を言わせたことがよほど嬉しかったのだろう。

〈『あ、ああ……あ……あ、どうして？』

『ふっ、う』

『どうして抜くの？』

『……イキそうだったんだ』

『イケばいいのに』

『ゴムもつけてないのに……それにもったいないんだ』

『何がもったいないの』

『俺も五十だからね。一発が貴重なんだよ』
『変なの』
『ちょっと休憩しようよ』
『でも私もう帰らないと』
『もうちょっといいだろう』
『だめ、夕食作るの』
『もうちょっとだけ』
『ダメよ……また今度ね』
『……そうか』
『ねえ、オシッコしたくなったわ。また飲んで』〉
玲子が意外なことを言い出した。玲子を昔から知る者には驚愕《きょうがく》の発言だ。
「帰る前に優位に立ちたかったの」
「それでオシッコ飲ませるのか」
「そう」
春彦は呆れたような顔をして見せたが、実は狂喜していた。
自分の妻が淫らに変貌していくのが嬉しい。

梶も喜んだようだ。

〈『飲ませてくれるの？』
『好きなんでしょう？　変態なんだから、梶さん』
『嬉しいね。射精するより嬉しいよ』
『ほんとの変態ね』〉

そのあとに会話らしい会話は録音されてなかった。バスルームに行って聖水プレイになったからのようだ。

「今日はね、私はお風呂場で肩幅に足を開いて立ったの。梶さんはその前に跪いてあそこに口をつけたわ。で、そのままオシッコしてあげた」

「喜んだだろう？　梶さん」

「すごく喜んでたわよ。私、服を着たままスカートをたくしあげてたの。だから、『スカート濡らしたくないから、こぼさないでよ。一滴残らず全部飲んで』そう言ったら、本当に私のあそこを覆うみたいにぴったり口をつけてゴクゴク飲んでた。変態よ、あの作家さん」

夕食後、久しぶりに夫婦で一緒に風呂に入った。

「俺にも見せてよ」

春彦の言葉に応じて、玲子は梶の家でしたのと同じポーズで放尿した。

玲子は美しいまっすぐな脚をしている。そののびやかな脚を軽く開いた接点から一筋の水流が黄金の放物線を描いた。

「かけてくれ」

思わずそう声をかけて、春彦は黄金水を胸に浴びた。少し温《ぬる》めのシャワーのようだ。

「ああ……」

春彦は恍惚となった。この倒錯愛。見上げると玲子と目があった。玲子も自分たちの行為に刺激されておかしくなっている。

「終ったわ」

流れがやむと春彦は玲子の泉に口をつけ、滴る聖水をチュウチュウと吸った。


翌々日の土曜日。再び夫婦でヘルスハウスに行った。

ここでは春彦より玲子の方が「顔」だ。フロントでもスタッフたちは玲子を見るとパッと表情を明るくさせた。

玲子はどこに行っても人気者になるタイプなのだ。

春彦が結婚相手として申し分ないと思ったのは、玲子が女性に人気があると知ってからだった。男にだけモテる女はどうも裏があるように思えてならなかったのだ。玲子は男女を問わず好かれていた。

この日も春彦はジムに行き、玲子はプールに向かった。

土曜の午後といっても特別混むわけではない。平日の昼間の方が利用者が多いこともあるという。

春彦がマシントレーニングを終えてエアロバイクを使い始めたとき、梶が姿を現した。こちらが悪いことをしているようにドキッとする。

梶がトレーニングを終えるまで春彦はエアロバイクを漕ぎ続けた。

梶のトレーニングが終わった。一緒にロッカールームに戻り、シャワーを浴び、ジャグジーを使う。

春彦は根気よく梶と二人きりになる瞬間を待った。

どうしても梶の股間が気になる。勃起してなくとも、堂々とした逸物だ。それを目にしては、

(これが玲子の全部の穴を犯して狂わせたのか)

頭の中で、わざとそんな過激な言葉を並べる。寝取られ亭主の戯言《ざれごと》だ。

サウナに入る。

先客が二人いた。ここのサウナは十人以上入れるスペースがあるが、いつも二、三人しか入っていない。二分もしないうちに先に入っていた二人はサウナ室から出て行った。

緊張する。ここは勝負だ。

「梶さんですよね？」

春彦が笑顔で話しかけると、

「そうです」

梶も笑顔で答えた。コミュニケーション能力は常人より数段優れているとみえる。

「鈴木玲子の夫です。いつも家内がお世話になっているようで」

サウナの熱のせいではなく、梶の顔にさっと紅がさした。だが、表情は笑顔のままだ。

「あ、そうですか、あなたが。こちらこそお世話になってます」

さすがだ。玲子の立場を守る意味もあるのだろう、梶の表情や声のトーンから秘密の臭いはしなかった。

サウナ室の入口はガラス窓のついたドアである。シャワー室の状況がわかる。人の出入りの潮目なのか、しばらく他の人間が入ってくる気配はなかった。

「うちの玲子はいい体してるでしょう？」

春彦は世間話のトーンのままで言った。

「そうですね。かなりスポーツに励まれたようでいい体しておられますね」

梶のトーンも変わらない。

「そうではなくて、抱き心地いいでしょう？」

そう切り返した春彦に向けた梶の顔に当惑の色は浮かばない。むしろ春彦が何を言い出したか理解できない様子だ。

たたみかける。

「抱き心地だけじゃなくて、前後の穴のハメ心地も自慢なんですが」

一瞬サウナ室を沈黙が支配した。

しかし春彦の賭けは吉と出た。

「そうですね。彼女は絶品だ」

梶がニヤリとしてそう答えたのだ。

梶は春彦夫婦の秘密を、あるいは春彦自身の特殊な事情を一瞬で理解してくれたのだ。作家として世間の表も裏も観察してきた経験からだろうか、さすがである。

「私は梶さんと玲子のことを怒っていません。むしろ……」

「わかります。そういうご趣味をお持ちなんですね。いや、そういう方は珍しくありません。感激ですよ、玲子ちゃんのご主人がこういう方だとは」

男同士、瞬く間に古い友人のように理解しあえた。

春彦は素直に嬉しかった。こんな自分を理解してくれる人物と出会えたのだ。

サウナからジャグジーに移動して二人は話し続けた。

「梶さん、例のビデオをお借りできませんか？」

「いいですとも。映っているのはあなたの奥さんだ。楽しんでください」

「ありがとうございます」

「そんなあ、お礼を言われては恐縮です。私の方が楽しませていただいたんですから」

「これからも楽しんでやってください」

「本当にいいんですか？」

「ええ。私がそういう変態なんですから。その代わりまた撮影をお願いします」

「変態なんてそんな。お気持ちはよくわかりますよ。撮影も任せてください。それに奥さんを狙っている男性はここだけでもたくさんいますよ」

「そうなんですか？」

「ええ、男同士で噂してます。あの奥さんのムッチリした腰のあたりがたまらない、とかオッパイを見てみたい、とかね。メンバーだけじゃない、若手のスタッフも憧れてますよ」

「そうですか。声をかけてくれたらいいのに」

「玲子ちゃんはそんなに軽そうに見えませんからね。敷居が高いのでしょう。ただ、僕はこの間から少し話しかけやすくなったように感じているんですけどね」

「さすがです、梶さん」

春彦はずっと玲子の説得を続け、やっと最近本人がその気になってくれたことを話した。

「ほう、そうですか。それで彼女の印象が変わったんですね。僕もできることがあればご協力しますよ。いや、面白いなあ」

春彦は梶ほど話しやすい人物に出会ったことがなかった。決して人には言えない秘密を何の抵抗もなく子細に語れるのだ。

確かにこちらも梶の秘密を握っているということもある。だが、ここまで打ち解けられるのは梶自身の魅力に負うところが大きいと思う。

玲子がこの熟年男性にある意味惚れたのは、十分に理解できる。

ロッカールームから出ると、ロビーで玲子が待っていた。

「あら」

連れだって出てきた春彦と梶を一目見て、玲子も事情を悟ったようだ。彼女にとっても男二人の気が合うことは歓迎すべきことだろう。

梶の提案で彼のマンションにビデオを取りに行くことになった。

「そうだ。ついでにここで鑑賞会やりませんか？」

マンションのリビングに夫婦を招き入れると、梶はそう提案した。

異存はない。むしろ自宅のものより数段大きな梶のテレビを見て、これで見てみたいと春彦も思ったのだ。

午後の陽光が表に溢れている時刻だというのに、秘密のビデオは再生された。

「再生しながらＤＶＤに焼きましょうね」

梶はどこまでも親切で、しかもその気の使い方がさりげなくて居心地がよい。

「ご主人は何を飲みますか？　ビール？」

ソファに身を沈めてトレーニングで汗を流した体に冷たいビールを補給する。隣に座った玲子はワインを飲んでいる。

五十型の薄型ハイビジョンテレビに、その玲子の全裸で横たわる姿が浮かんだ。

「ね、きれいに撮れてるでしょう。被写体がいいからね」

「いやだ、梶さん。でもありがとう」

玲子は初めて自分の全裸映像を見ているはずだが、必要以上に恥ずかしがることはなかった。

やがて同じく全裸の梶が画面に登場した。

「いやあ、立派ですね。勃起角度もとても五十代とは思えないですよ」

饒舌になった自分がおかしい。仕方がない。何しろ自分の妻に他の男の肉棒が挿入されるところを、ビデオ映像とはいえ初めて目撃するのだ。緊張の余りに饒舌になるのが当然だろう。

巨大な梶の肉棒が玲子の肉溝に飲み込まれていく。それから駅弁ファックの状態で梶が歩き回り、ハメられたままの玲子は嬌声を上げ続ける。

その後も玲子から聞かされたとおりの淫らな姿が展開する。驚いたことに玲子の話はほぼ正確だった。春彦が思い浮かべたとおりの映像が流されている。

人の家にいるのだ、と自分にいくら言い聞かせても春彦のフル勃起は収まらなかった。

「あら、どうしたのあなた」

ワインで目元を紅く染めながら、玲子が春彦の突っ張った股間に触れてきた。

「何？　カチカチよ」

「当たり前だろう。玲子のあんな姿を見せられたんだ」

「あら、私のせいなの？　ねえ、梶さん。うちの主人が窮屈な思いしてるんで、解放してあげていいかしら？」

一人掛けのソファに座ってビールを飲んでいた梶は、

「どうぞ、どうぞ」

と機嫌良く答える。

「ほら、あなた」

ジーンズのジッパーを下ろされ、春彦の肉棒は引っ張り出された。

「見て、梶さん。こんなになってる」

「ほう、立派なものをお持ちだね」

心にもないことを、と思うが梶の口調は皮肉なものではなかった。

他の男性にフル勃起したものを見られた記憶はない。だが、春彦はビデオ画面に熱中する
あまり、ことさらな羞恥心は覚えなかった。

画面の中の梶は見事なまでに激しく玲子を犯し続けている。画面から流れる玲子の声がた
まらなくいい。

その玲子は今春彦の肉棒を口にくわえ、ねっとりと愛撫を繰り返している。

「そっちもすごいね」

梶はビデオではなく、生のフェラチオショーの方を眺めている。

「よし、それも撮影しておこう」

梶は立ちあがるとビデオカメラを三脚でセットして撮影を始めた。

「これはおもしろい絵だ。テレビの画面で玲子ちゃんと俺がセックスしていて、それを見ているご主人のものをもう一人の玲子ちゃんがフェラしてる」

梶は回したままのカメラから離れると、再び自分用の一人掛けソファに身を沈めた。

「いや、興奮する光景だ。いいですよ。玲子ちゃんも色っぽいなあ」

それは観覧者の立場の口調だった。今日は第三者に徹するつもりらしい。

玲子はそれを許せなかったようだ。

「ねえあなた。梶さんのも舐めていい？」

「いいとも」

生で妻のフェラチオを見られる。

初めての体験だ。心臓が早鐘を打つ。

玲子は梶の元に行き、その太腿にもたれるようにして床に腰を下ろす。

「梶さん、出して」

玲子に言われるまま、梶がズボンを膝まで下ろした。

玲子の両手が梶のトランクスのゴム部分にかかり、ゆっくりと下ろしていく。

出てきた。すでに勃起していたそれは、トランクスに引っ掛かっていた反動でビンと天井に向けて跳ね上がった。ヘルスハウスのロッカールームで見かけたときとは迫力が違う。

「ほらあ、梶さんの立派でしょう」

そう言う玲子は、すでに梶の肉棒をしっかりと握っている。そしてやがてその手をゆっくり上下し始めた。

「うう……」

その呻き声を聞くまでもなく、梶の肉棒は猛り狂っている。

玲子はまず肉棒の腹の部分に、チュッとキスした。

「う……」

妻が他人棒にキスするのを初めて見た。春彦の頭の芯が熱い。

次にパクッと勢いよく玲子は亀頭部分を口に含んだ。うまそうに舌を使いながら、頭を振る玲子。

春彦は立ち上がり、

「もっと近くで撮っていいですか？」

と梶の許可を得て三脚からビデオカメラをはずした。手持ち撮影に移る。

グッと迫る。玲子がカメラにちらりと一度視線を向けて、見せつけるように激しく舌を使い始めた。

「う……玲子ちゃん……いいよ……どう？　ご主人、『奥さん』と呼んだ方がいいかな？」

「そうですね。その方がウケますね」

誰かに見せようという話ではないが、ビデオの出来上がりはより興奮させるものであった方がいい。

「ほら……奥さん」

そう言いながら、梶が手元のリモコンを操作すると、再生されているビデオの音量が大きくなった。

〈『ああ、あん……すごい……ああ』〉

部屋中に玲子のよがり声が満ちる。

ビデオの中では、先ほどまで夫婦が座っていた三人掛けのソファの上で、全裸で天井に向けて大股開いた玲子を、梶が真上から杭を打つように犯している。

「ほら奥さん見てごらん。スケベな奥さんがよがり狂ってるよ」

春彦はビデオカメラの小さなモニターを見つめているおかげで少しだけ冷静でいられた。今ここで進行中なのは、本来ならまともな精神を保てない事態だ。

玲子は梶の巨根へ口で愛撫を続けながら、またカメラにちらりと視線をくれた後、自分の淫らな姿を映し出す大きな画面を見つめた。

春彦はその玲子の表情から目が離せなくなった。ずっとアップで撮り続ける。小さなモニターいっぱいに広がっている玲子の顔の、その目がおかしくなり始めた。酔っているのとも違う。いや、酔っているにせよ、それはワインだけによるものとはいえなかった。

　このマンションの状況そのものが玲子を酔わせているのだ。

　玲子の口から猛りきった梶の巨根が吐き出された。

「私、濡れ過ぎたみたい……」

　誰に向かって言っているのか不明だが、玲子の体の奥の疼《うず》きが言わせた言葉だ。

「そうか、じゃ奥さん、それを確かめようね」

　梶はそう言うと玲子を立たせた。物憂げな動作でゆっくりと玲子は立ち上がり、梶にされるままに服を脱がされていく。

　春彦は近づいたり離れたりを繰り返し、妻のストリップを記録していった。

　ついに玲子は全裸になった。それを見る男二人は服を着たまま、硬くなったペニスだけを突き出している。

「さ、奥さんこうしよう」

　梶の催眠術にかかったように玲子は従順に動いた。

　梶用の一人掛けソファに全裸の玲子は収まった。ただし、収まり方がふつうと逆である。背もたれに背中を接しているが、頭を下にしている。それまで梶の尻から太腿が載っていた部分に肩から頭が載せられているのだ。

梶の肩が接していた背もたれの部分には玲子の腰が引っ掛かっている。

梶の顔があった位置に玲子の開かれた股間がある。

(富士山の形だ)

左右に大きく開かれた脚の線を見て、春彦はそう思った。

富士山にたとえ続けるならば、その火口の部分には熱を持った玲子の肉溝がうっすらと口を開けている。

「ほらご主人、ここを撮ってください。どアップでね」

梶は富士山の山頂付近に両手を添えて、肉溝を左右に開いた。

玲子の言葉どおり無毛のそこはしとどに濡れていた。馥郁たるメスの匂いが立ち上ってくる。

「頭がクラクラしそうだ」

その匂いを嗅いだ梶は春彦と同じ感想を口にした。

「あ、あああん……」

玲子は無理な姿勢をとらされているからではなく、切ない呻きを上げる。

「あー、いや、ああん……あなた……」

突然、梶が自分の指で開いていた肉溝に口をつけた。愛液を啜《すす》るように舌を使っている。

「あ、ね、ね、あなた……」

玲子は夫に助けを求めているようだが、春彦の見つめるカメラのモニターには妻の顔は映っていない。

梶が顔を伏せて舐め続ける様子をアップで撮っているのだ。

「こういうのマングリ返しって言いましたっけ？」

自分でもどうでもいいと思うことを口にする。

「そうだね」

答えた梶が口を離した瞬間だけ、愛する妻の性器が見える。

「ああ、あなた……」

「玲子、気持ちいいんだろう？　正直にいいなよ」

春彦はこの状況を心から楽しんでいた。冷たく嬲《なぶ》るように妻に問いただすのも快感だ。

「……うん……気持ちいい……」

「梶さん舐めるの上手だろ？」

「……うん……梶さん、上手……ああ……いい……」

声に刺激されて梶の愛撫に力がこもる。

「あ、ああ、いや、いや……ああ……」

梶は舌先を尖らせて玲子の肛門を突いている。中の方まで舌先を突っ込むと玲子がよがる。この肛門への愛撫のときには濡れそぼった性器が丸見えになった。

(最高だ)

春彦は自分が本当に見たかったものが何かを知った。これだ。

「ああ、いや……もうダメ……入れて……ね、あなた、入れてもらってもいいでしょう?……梶さん、入れて……欲しい」

玲子の腰から下、いや正確には今は腰から「上」になる部分がプルプルと震えている。特に太腿の裏側の筋肉は電気が走ったように揺れる。

「梶さん、入れてやってください」

「いいんですか?」

「お願いします」

梶は玲子の両足を持ち上げてゆっくり床に下ろし、自分から先に三人掛けのソファに向かいながら服を脱いだ。全裸になるとソファの真ん中に腰を下ろして玲子を待つ。

玲子はフラフラと追いかけていき、梶の太腿をまたいで一旦ソファの上に立った。そこから和式便所にしゃがむように尻を下ろしていく。

春彦はモニターの中に梶の勃起しきった逸物をアップにして待機した。やがて、画面の上から真っ白な玲子の尻がゆっくりと下りてくる。

凶器のようにも見える梶の肉棒が玲子の尻の割れ目に触れると、肛門の向こうに見える肉溝がぱくりとその先端を飲み込む。

（すごい）

何か野生の世界を描くドキュメンタリーを見せられているようだ。

「ああ、大きい……いっぱいになる……」

玲子は首を反らせてよがりながら肉棒を呑み込んでいく。

そして玲子は完全に梶の膝の上に腰を下ろした。ついに梶の巨根は玲子の尻の狭間に姿を没したのだ。

「あああー……いいわあ……」

欲しかった肉棒をすべて収めて、玲子は満足げに一息ついた。

「奥さん、気持ちいい？」

梶が尋ねる。

「気持ちいいわ。梶さんは？」

「気持ちいいよ。奥さんのオマンコよく濡れていい感じだ」

「そう？　梶さんのチンポも大きくて硬くていいわ」

じゃれあうような会話の後、二人はディープキスを始めた。

初めて間近で見る妻と他の男の接吻。それもねっとりと舌をからませた激しいものだ。

春彦の嫉妬心はメーターを振り切った。これほど見たくて、同時に見たくないものが世の中にあるだろうか。

「ほら奥さん、旦那のチンポが我慢汁垂らしてるよ」

梶に指摘されて気づいた。春彦の肉棒の先端から透明な液が糸を引いて垂れている。

「あなた、来て」

梶と繫がったまま、玲子が呼ぶ。

そばまで行くと、玲子は上半身を横に倒すようにして春彦の肉棒に口をつけ、先走った液を吸ってくれた。

「奥さん、動いてよ」

梶のリクエストに、玲子は尻を持ち上げると、再び腰を下ろした。和式便所にまたがった形で行う卑猥な上下運動だ。

春彦は玲子の真後ろの床に座り込み、カメラを構えた。モニターいっぱいに真っ白い尻が映っている。

玲子が尻を上げると、梶の猛り狂った肉の凶器が姿を現し、亀頭だけ隠れた状態になる。そこから再び尻が下ろされ、巨根は根元まで肉壺に収まっていく。

自分のセックスでは絶対に目にできない光景だ。

(これがセックスなんだ)

春彦は人々が「愛し合う」などときれいな表現でごまかしたがる行為のあからさまな実態を見た。

(ケダモノだな)

軽蔑ではない。人間も動物の一種に過ぎないということだ。

梶がリモコンでテレビの音量を下げたらしい。急に目の前の二人の声が鮮明に聞こえ始めた。

「あ、あ……いい……いいわ……梶さん」

「フン……フン……奥さんいいよ……」

「ね……私のお尻を開いて……」

「こう？」

「そ、そうよ……あ、気持ちいい……そうされると気持ちいいの……」

玲子はセックスの最中に春彦の手で尻肉を開かれることを好んだ。その方が深く挿入できるらしく、毎晩それをねだるのだ。

（こうなるのか）

春彦はカメラのモニターから目を離し、直《じか》にその様子を見た。

男の手でグッと摑まれた尻肉は左右に割り開かれ、肛門も横長になっている。その下の性器も陰唇を開き、中の粘膜部分に図太い肉棒がぐっさり刺さっている。

残酷な光景だ。

だが、当の玲子は悦びの声を上げ続けている。

「ああ……いい……いいわ……もっとして……グーって開いて……ああ、奥に当たる……」

春彦は結婚式でのウェディングドレス姿の玲子を思い出した。

美しかった。あの清楚な佇まい。誰もがこれだけ美しい花嫁は初めて見ると言ってくれた。

あのときのはにかんだ清純な笑みを湛えていた女が、今ケダモノのメスになっている。

それがいい。

下品な女の乱れた姿など見たくもない。

夢中になって尻を上下させている玲子の背中に汗がじっとり滲んできた。春彦はそれを見てサラブレッドの汗を連想した。妻の姿に高貴な野性を感じるのだ。

「……ちょっと待って……喉が渇いたわ。あなた、そこのワインを取って」

動きを止めた玲子が振り返って言った。繋がったままだ。

言われるままにワインの入ったグラスを差し出すと、玲子は、

「飲ませて」

とそれをそのまま梶に渡した。

梶がワインを口に含み、口移しで玲子に飲ませる。

玲子はカメラ目線でゴクリと喉を鳴らした。春彦は黙って撮影を続ける。

「俺は奥さんの唾が飲みたいな」

梶はいつもの注文をした。

「いいわよ」

玲子は口の中で唾を溜める間を取った。

「せっかくだからご主人に見えるように飲ませて」

その間に梶が提案する。

無言でうなずいた玲子は少し顔を離した位置から唾を垂らし始めた。口元から出た唾液の塊は糸を引きながら、大きく開いて待っている梶の口に落ちていく。

「ング」

梶の喉の奥に直接唾液は落下した。だが、まだ唾の糸は繋がっている。その糸に引っ張ら

れるように玲子は大きく開いた梶の口に近づき、舌を出してその中に入れた。梶の舌がそれを迎えに出て、また激しい接吻が始まった。

「んんー……ムム……フン……」

玲子の中の何かが切れた。見たことのない興奮を示している。梶の口を貪りながら、激しく卑猥に腰を使う玲子。

春彦の背筋を悦びが貫いた。

理想の妻だ。

そのまましばらく玲子は梶の上で踊った。口だけが梶の口の位置に固定され、全身が快感を求めて跳ねる。

ギブアップしたのは意外にも梶の方だった。

「あ、ダメだ」

両手で尻を摑んでいた梶は、たくましい腕でそのまま玲子を持ち上げて、おのれの肉棒を解放した。

梶は玲子を自分の横に座らせると、

「危なかった……イクところだったよ……」

「イケばいいのに……」

荒い息を吐きながら玲子は不満を漏らす。

三人掛けのソファに全裸の二人が並んで座っている。春彦はそれも撮り続けた。

梶はゴールして倒れこんだ中距離ランナーの顔をしている。

一方の玲子は半分満足している顔だ。おそらく梶を屈服させたことに満足しているのだろう。だが、体の疼きはまだ続いているようだった。何というか隣の梶とは持っている生命力が違う。

「あなた、来て」

全裸の玲子が両手を差しのべて春彦を呼んだ。

「え？　俺たちは家に帰ってからいくらでもできるじゃない」

「来てよ」

「迷惑だよ」

春彦は梶に遠慮したが、玲子は、

「いいでしょう？　梶さん」

と許可を求めた。

「当然。大丈夫だよ」

「ほら」

梶の返事を聞いて、春彦にもう一度手を差しのべる。

「じゃ、失礼して」

春彦はカメラを梶に渡すと全裸になった。梶が自分の一人掛けソファに移動してくれたので、玲子の隣に身を沈める。ソファは湿って熱を持っていた。

夫婦で抱き合った。

「ねえ、どうだった？」

「すごかったよ」

「すごかったでしょう？　興奮した？」

「興奮したさ」

「こんなことしたかったんでしょう？」

「うん」

「じゃ私、いい奥さんかしら？」

「最高の奥さんだよ」

玲子は嬉しそうに微笑むと春彦に抱きついてきた。

しばらく互いの唇を貪り合った。舌を絡ませて唾液を交換する。

この味を今では春彦以外の二人の男が味わうことを許されているのだ。

玲子が春彦にまたがってきた。梶と同じ体位で交わる気らしい。

春彦の肉棒が玲子の肉壺に吸い込まれた。気のせいだろうか。膣内が梶の肉棒の大きさに広がっているように思う。

そのことがまた春彦を熱くさせた。

いつのまにか梶がカメラを持って立ち上がっていた。

これでは先ほど梶が交わっていたときと同じ映像しか撮れない。肉棒の大きさでいえば、春彦の方が見栄えしないだろう。それも面白くない。

春彦は梶とアイコンタクトを取り、玲子の尻肉を開きながら、指先で、

「梶さん、これ、これ」

と指し示した。

梶は三脚にカメラを取り付けた。

どうやら春彦の意図を理解してくれたようだ。一度リビングから出ると、手にローションの容器を持って戻った。

「あ、どうしたの？　梶さん」

ゆっくり腰を動かして春彦を味わっていた玲子が声を上げた。

肛門に梶の指を感じたのだ。

「奥さん、ちょっと待ってね。三人で面白いことしよう」

この時点で玲子には自分の運命がわかったようだ。春彦と目を合わせると、

(悪い子ね)

と子供の憎めない悪戯《いたずら》を見つけた母親の顔をした。

「さ、いいね、いくよ。ご主人もいいよね」

梶が玲子の背後に迫る。

「あなた、怖いわ。私どうなるかしら」

玲子の恐怖は理解できる。それは痛みを恐れているのではなく、この先自分がどう変貌していくかを心配しているのだ。

「あ、ああ……」

その瞬間、玲子は視線を遠くにやった。

春彦は自分の肉棒の腹が圧迫されるのを感じた。

「先が入った。さ、奥に入れていくよ」

初めての二穴挿入だが、玲子は動じた風はない。むしろ二本の肉棒を静かに受け入れようとしている。

玲子の尻肉を大きく開いていた春彦の両手の指に梶の腹が触れた。

「……く……入った。根元までちゃんと入りましたよ」

気づくと玲子の顔のすぐ後ろに梶の顔が迫っていた。

わかる。

薄い肉一枚を隔てて、もう一本の肉棒が春彦を圧迫している。表に出ている睾丸同士が接
していているのもわかる。

ホモではない春彦にとっては、他の男と睾丸を合わせるなどとは、ふだんなら気持ち悪く
て仕方ないところだ。

「玲子、大丈夫か？　痛くない？」

「奥さん、痛くない？」

春彦と梶に同時に聞かれた玲子は、目をつぶり、

「大丈夫……痛くも苦しくもないわ」

と答えた。

「じゃあ、動くよ」

梶が後ろから腰を使い始めた、直腸内をあの巨根が蹂躙《じゅうりん》していると思うと不思議だ。

春彦はなるべく大きく動かず玲子のクリトリスに自分の肉棒の付け根を擦りつけるように
した。でないと、隣の穴を犯している梶の肉棒の圧力で押し出されそうな感じなのだ。

「どうだ、二本のチンポで同時に犯されるのは？」

春彦の問いかけに玲子はうっすら目を開けた。

「いいわ……気持ちいい……ああ」

その答えは二人の男をあらためて興奮させるものだった。

ポルノビデオやエロ小説では、このサンドイッチセックスはいわゆる定番ではある。しかし、そこにはアブノーマルな行為をするという達成感だけしかないと勝手に解釈していた。

違った。

玲子は前後の穴を同時に犯された状態で快感を得ている。

「どうしてほしい？」

春彦はもう一度妻に問いかけた。

「もっと……もっとして……ああ……いい」

夫である春彦の前では快感に酔う演技は必要ない。明らかに玲子は陶酔している。

「梶さん、もっと突いてやってください」

玲子の顔の向こうに見えている梶に注文をつけると、この体格のいい中年作家は無言で大きく腰を使い始めた。たくましい手で玲子の腰のあたりをがっしりと摑んでいる。

春彦は玲子の尻肉を両手で広げて、梶に向かってその肛門を見せつけるような格好のままだ。

つまり二人の男が一人の女を、尻を中心にして引っ張り合っているわけだ。

「ああ、ほんとにいいわ……こんなの初めて……ああ感じる……ああ……ああ……いい」

春彦にとっても初めての快感だった。自分自身は動いていないのに、梶の動きで膣内が蠢《うごめ》く。

すぐ耳元では玲子の淫らな独唱が続いている。

春彦が夢を見ているような錯覚を覚えたとき、

「もうダメだ。イっていいですか？」

今度も梶が最初に白旗を掲げた。

自分はこの問いに答える立場にはない。春彦が無言でいると、

「ああ……いいわ……いいのよ……イって……うんと奥でイってね……たくさん出して……梶さん……」

玲子はそれまでより声を張って答えた。

「じゃ、イクよ」

梶が腰のテンポを上げる。

それに合わせて玲子のよがり声のテンポとトーンがアップしていく。

「あ……あ……いい……いい……」

その声は泣き声に近くなっていった。

「奥さん……イキそうだ……あ、イク」

梶の最後の動きは玲子の尻を肉棒で持ち上げんばかりだった。

「ああ……来て……梶さん」

玲子は尻の穴で感じる女だ。その呻きはとても芝居では出せない。

梶の肉棒がさらに奥を求めて、直腸内でのたうった。明らかに射精が始まっている。

同時に春彦の肉棒も膣内で弾けていた。

前後の穴で同時に男が果て、玲子は、

「あーいいー」

と満足げに吐息を伸ばした。


終わってから三人で風呂場に行き、汗を流した。トレーニングのときの汗よりも充実感がある。

梶はそこにもカメラを持ち込み、前後の穴から精液を出す玲子を撮った。白い残骸をきれいに流した後、

「オシッコはどうする？」

と玲子が言い、梶を喜ばせた。

梶の提案で玲子は風呂場に四つん這いになって放尿した。男二人はそれを後ろから見物したのだ。

それから服を着てリビングに戻る。

「いやあ、実に貴重な体験でした」

梶は本気で感激していた。

「僕もです。今日は何もかも初体験でした。まだ頭の中が整理できていませんよ」

春彦も本音で答える。

梶は今後のことを気にしていた。

「ほんとにまた奥さんを誘ってもいいんですか？」

「ええ、かまいません。そうだよな？」

本人が横にいる以上玲子にも確認すると、

「いいわよ、梶さん。また私のオシッコ飲みたいでしょう？」

「いや、参ったな」

「梶さんの方が飽きるかもね。それまでいつでもお相手するわ」

玲子の態度はやはり堂々としたものだった。

梶の提案で簡単なルールを決めた。

プレイは必ず春彦に報告すること。

それはできればビデオなど映像や音声を添えること。

スケジュール的にお互い無理を言わないこと。

病気に気をつけること。

そして他の男、例えば牧原とのプレイなどにアドバイスをくれること。

最後の取り決めについては、梶が盗撮の機材などに詳しいことから春彦側から望んだものだった。

今日のような経験をした後だと、玲子と牧原の情事も録音だけで満足できそうにない。なんとしても覗くか盗撮をしてみたい。これを相談できる相手は今のところ梶しかいなかった。

「まかせてください。しかし、そのエリート同級生君にも会ってみたいものだね」

梶も興味を示してくれた。

「やはり俺は変態ですかね？」

春彦は自覚していることをあらためて尋ねた。

「そりゃ変態でしょう」

梶が遠慮なく即答する。

　そのやりとりを聞いて、玲子が楽しそうに笑った。

「梶さんも変態よ」

「そう俺は変態。それ言えば男はみんな変態さ。それぞれ何かこだわりがあるもの。みんな何かのフェチさ。その点、俺は臨機応変。ＳでもないしＭでもない。いや、違うな」

「そうよ、ＳでもあるしＭでもある、じゃない」

「そう、それ」

「じゃ、うちの人は何のフェチ？」

　玲子にふられて、梶は春彦をあらためて見た。

「そう、鈴木さんは奥さんフェチだな。奥さんの玲子ちゃんでないと興奮しないのさ。そうでしょう？　鈴木さん。あなた浮気する気ないでしょう？」

「はい」

　驚いた。なぜそれがわかるのだろう？

　玲子もそれに驚いている。

「そうなの。この人、いつもそう言うわ。俺は絶対浮気しない、って」

「どうしてわかったんですか？」

これはどうしても聞いておかねばならない。

梶は少し考えをまとめる間をとってから解説者の口調で話しだした。

「鈴木さんは玲子ちゃんをすごく愛しているんだね。それはもう自分よりも大切なくらいに。自己同一化して玲子ちゃんを見てる。玲子ちゃんにきれいになってもらいたいし、おしゃれしてもらいたいのは自分がそうしたいからさ。鈴木さんはホモじゃない。その気のある人だったら自分自身が女装したり、男とセックスするんだけど、鈴木さんにとっては玲子ちゃんが自分の女の部分なんだ。だから、男としての人生しか送れないけど、玲子ちゃんを通じて女性の人生も送ってるんだ。今ね。最高に幸せなカップルだよ、そして、玲子ちゃんを通じて女のセックスも味わってる。自分は浮気しなくても、玲子ちゃんが他の人とセックスしてくれれば自分の体験も広がるわけさ。俺はそんな鈴木さんがすごくよく理解できるし、羨ましいよ。なかなかそんな人生のパートナーには出会えないものだ」

すべて納得できる話だった。

春彦は自分自身のことをこんな風に言葉にして分析したことはなかった。だが、言われてみればすべてがわかる。

玲子も同じ気持ちなのだろう。目の前の霧が晴れたような表情をしている。

「すごくわかりやすいわ」

そう言いながら玲子は隣に座る春彦の手を握った。

愛されていることをあらためて実感したのだろう。

「じゃあ、これからもっとエッチになってあげるわ」

そうだろう。こうして春彦の心理がわかれば、心おきなく浮気に励めるに違いない。

「そう、相手には不自由しないぞ」

梶がハッパをかけるように言った。

「ヘルスハウスでも玲子ちゃんを狙っている奴は大勢いるんだ」

「ほんとに？」

「ああ、『あの尻に後ろからブチこんでみたいなあ』って言ってるのを聞いたことある」

それを聞いた玲子の顔はパッと輝き、春彦を見てから梶に言った。

「今度、その人を私に教えて」

第五章　盗撮

梶とはいい感じで夫婦揃っての交際が続いた。

週に一、二回は玲子と遊んでくれて、土日に春彦と会うとそのときのビデオを渡してくれたり、話を聞かせてくれる。

春彦の願望にも耳を傾けてくれた。たまにはそれを実行に移してくれるのだ。

その一つ、ヘルスハウスの非常階段で玲子とサカったときは、ビデオ撮影までしてくれていた。

平日の昼間、かすかにエアロビクスの音楽とインストラクターのかけ声が聞こえる中、いつ誰が来るかもわからない非常階段の踊り場でのプレイ。シチュエーションを聞くだけで興奮する。

ビデオの中では、玲子のフレアスカートをまくり上げ、カメラの方に見せつけるように裸の尻を撫でさすり、開き、そのあと跪かせた玲子に巨根を十分にしゃぶらせてからバックで挿入する梶。

二人がほぼ無言でいることが春彦の興奮を倍加させた。

今まで通り夫婦は毎晩交わる。プレイがあったときの玲子は楽しげで、夫婦のセックスも盛り上がるのだった。

玲子はますます男の視線に敏感になっていた。

そもそも美少女ほど人の視線に鈍感なものだ。幼い頃から視線を集めることに慣れているからだ。人に見られることが自然なのである。

始末に負えないのが自意識過剰の不細工である。偶然視線が合ったぐらいで迷惑そうな顔されると、こちらが腹が立つ。

玲子ほどの美人であれば、街を歩いていて振り向く男を一々気に留めていてはきりがない。その視線にあえて鈍感になるのも生活の知恵だろう。

それがこのところ、春彦と梶に感化されてか、下心のある男の視線を判別できるようになったらしい。

「今日ね。プールで泳いでいたら、新しく入ったインストラクターがじっと見てるの。あれは仕事の視線じゃなかったわ」

「ジムのマットでストレッチしてたら、いつものカツラ親父がお尻を見てたわよ。私、気づかないふりしてたけどね」

「髙島屋にあなたのスーツを取りに行ったとき、ずっとつけてくる人いたわ。声をかけるタイミングを待ってたのかしら。感じは悪い人じゃなかったからチャンス作ってあげればよかったね」

春彦は美人に生まれた幸福を思った。男や平凡な器量の女よりも、何倍も刺激に満ちた人生。

そんな春彦の気持ちがわかるのか、

「私が安心して人生を楽しめるのはあなたのおかげよ」

ある日、妙にあらたまって玲子が言った。

牧原が出張してくる。

日帰り出張だが、午後時間がとれると連絡してきた。

「午前中に本社で会議なんだけど、午後も東京で用事があることにするって」

仕事先の春彦に玲子から電話報告である。

サラリーマンというのはサボりたがるものだ。給料を払う側はたまったものじゃないが、一か月以上玲子に会えなかった牧原の気持ちはわからんでもない。

昼間の情事とは都合いい。梶によれば、

「ホテルの照明は暗いからね。昼間の光線の方が鮮明に撮れますよ。別に盗撮だから鮮明でなくても興奮するけどね」

　ということなのである。

　さっそく梶に連絡すると、すべての段取りを考えてくれた。

　まず品川ロイヤルホテルにデイユースの予約を入れる。ダブルの部屋を午前十一時から午後五時まで使えるのだ。

「そうだ。僕がお金出すから当日もう一部屋予約しておいてください。隣の部屋をね」

　春彦に負けないほど梶も張り切っている。

「わかりました。僕もその日会社休むんですけど、一緒に部屋使わせてもらえませんか？」

「了解」

　電話の向こうで梶がニヤリとするのが見えるようだ。

　当日、玲子の準備に時間がかかった。念入りに化粧し、着て行く服を選ぶのにも手間取ったのだ。

　この前の逢引きの日よりは暖かくなっているし、昼間だから防寒対策は一切考える必要はない。春彦の好む花柄のフレアスカートにグレイのセーターだ。髪はアップにはしない。足元には黒のハーフブーツを履く。

下着は黒のガーターベルトで勝負に出た。

「やりすぎじゃない？」

と渋る玲子を、

「せっかく買ったんだから」

と春彦が説得した。

実は春彦自身が見たかったのだ。パンティを脱いでガーターベルトにストッキングというのはエロの定番だろう。

車で品川に向かう。途中、マンションの前で梶を拾った。

梶は七つ道具を持参している。盗撮のカメラも仕掛けも梶が用意してくれたのだ。

「鈴木さん、デジカメ持ってきたよね」

「はい」

「僕もビデオカメラ二台持ってきたよ。部屋にセットするのと手持ちで撮るやつね」

梶は盗撮に気合いが入っているようで、春彦が後部座席で玲子といちゃつくように勧めたが、

「いやいや、今日は玲子ちゃんに同級生とのセックスに集中してもらわないと」

と言って助手席に座った。

ホテルに着くと、まず牧原と使う部屋に三人で入り工作をした。

カーテンは全開にしておく。遮光カーテンだけでなく、レースのカーテンも完全に開く。部屋は十五階だから外から覗かれる心配はないし、晴れた青空が爽快で、牧原もあえて閉めないだろう。

ICレコーダーは二台使う。ベッドの音を拾うものとバスルームの中を録音するものだ。

「これうまくできたでしょう？」

梶は得意げにカメラを隠す四角柱のホテルの広告を見せた。

「品川ロイヤルホテルレディースプラン」

ホテルの部屋によくあるやつだが、品川ロイヤルホテルのHPからプリントアウトしたもので制作したという。なかなかよくできている。確かにちょっと見ただけでは中にカメラがあるとは思えない。

「梶さん、器用ですね」

「早いけど、もう回しとこうね」

牧原と部屋に入ってから玲子にそれぞれの電源を入れさせるわけにはいかない。これからしばらく無人の部屋を撮り、ICレコーダーも静寂の時間を録音するのだ。

カメラは梶、ベッドのそばのICレコーダーは春彦、バスルームのそれは玲子が操作し、

「せーの、はい」

梶のかけ声で一斉に作動させた。これで再生の際は便利になるはずだ。

すべての準備が整ってから、隣の部屋で待ち合わせの時刻を待つ。

「玲子ちゃん、今日はどんな下着でサービスするの？」

梶に問われて、玲子は無言でスカートを持ち上げた。肌の白い玲子には黒のパンティとガーターベルトはよく似合った。

「こりゃ眩《まぶ》しいね」

梶がおどける。

そのとき春彦にひらめくものがあった。

「もうパンティを脱いでおけば？」

え？　という顔で一瞬玲子は戸惑ったようだ。

「やりすぎですかね？」

春彦は梶に意見を求めた。

「いや、いいんじゃない。だって二度目でしょう？　相手はやる気まんまんだよ。サービスしようよ」

梶は大賛成だ。

「でも淫乱だと思われない？」

と玲子が不安そうに言うと、

「それでいいじゃない！」

と男二人が同時につっこんだ。

「そうね」

納得した玲子はパンティをとるためにバスルームに消える。その後ろ姿を目で追って、

「その同級生のエリート君は果報者だな」

梶がしみじみとした口調で言った。

「そうですよ。僕も玲子の同級生でお相手願うのはあと一人か二人と思ってます。みんな狙ってるはずですが、あまり派手にやると噂になって互いが気づきますからね」

「確かにそうなると面倒だな。男同士の嫉妬は見られたものじゃない」

正午になって二階のレストランに向かう。そこが待ち合わせ場所なのだが、牧原は仕事関係者と食事を終えてから来るという。

男二人はここから玲子と別行動だ。玲子がよく見えるテーブルに陣取る。

「いやドキドキするね」

梶はかなり面白がっている。

「僕はゾクゾクしますね」

春彦も楽しみだ。

男二人と玲子は妙な緊張感の中で昼食をとった。牧原が急に現れるかもしれず、近くに座っていながら話しかけることもできない。

約束の時刻まであと数分になった。

「来ましたよ。彼です」

後ろからテーブルに近づいた牧原が、玲子の肩に手を置いた。

「お待たせ」

その声だけは鮮明に聞こえたが、あとは姿が見えても会話までは聞き取れなかった。

「しまった。ＩＣレコーダーをもう一台用意して玲子に持たせればよかった」

ここに至って春彦が悔やむと、

「まあいいさ。ここでの会話は玲子ちゃんから聞けばいい」

梶はテーブルの下でビデオカメラを操作しながらそう言った。

いくら下半身が爆発しそうでも、そこは大人同士だ。まずコーヒーの一杯を飲むぐらいの余裕はある。

牧原の注文したコーヒーが運ばれてから十分ほど二人は談笑していた。

シャッター音を消したデジカメで春彦もその様子を撮った。

「なんかモタモタしてますね」

春彦にはこの時間がもどかしい。

「逆だって」

梶が冷静にいさめる。

「何が逆なんですか？」

説明してもらわないと春彦には意味がわからない。

「逆なの。ここでゆっくり話すだろ。そうすると、部屋に入った後は話すことなんかないわけだよ。話題が」

「そうか。あとはやるばっかりってことですね」

さすが梶は先を読んでいる。

しばらくすると本当に話題が尽きた様子で、まず牧原が伝票を手に取って立ち上がった。

無言でこちらも立ち上がる。

二人の後を追いながら隠し撮りを続ける。

エレベーターに乗り込む二人を撮ったところで、隣のエレベーターに乗り込んだ。

「いよいよだね」

五十歳の梶が子供のようにはしゃぐ。春彦も飛び跳ねたい気分だ。なにしろ今回は全部後で見ることができるのだ。

部屋がある十五階について、エレベーターから出て廊下を見ると、二人が並んで歩いているのが見えた。

「間に合った」

梶が呟き、ゆっくりと自分たちの部屋に向かいながら隠し撮りを続ける。牧原が振り返ることもないだろう、と大胆になって春彦はシャッターを切った。

玲子がカードキーを操作してドアを開け、サッと部屋の中に消える二人。

「撮ったぞ」

「僕もです」

囁くような会話を交わしてその隣の部屋に入った。

「こんなことなら秋葉原で盗聴器を仕入れとけばよかったなあ。ほら、壁につけて隣の部屋を聞くやつ」

「そうですねえ。その手もあったなあ」

一々反省しながら、次回の課題を上げていく。

「こういうの向上心というのかねえ」

梶もそこが可笑《おか》しいらしい。

いくら高級シティホテルでも完全防音というわけではない。

それから時間まで二人でコップの底に耳を当てて隣の部屋の様子をうかがった。


玲子と牧原が部屋を出てすぐ、もう一枚のカードキーを使って室内に入った二人はカメラとレコーダーを回収した。

その後、玲子とメールで連絡を取り合い、品川駅新幹線ホームで牧原と別れを惜しむ玲子を撮影して、梶の言う、

「本日のミッション」

は終了した。

後は梶のマンションの大きなモニターで鑑賞するだけだ。

牧原の乗った新幹線「のぞみ」がホームを去ると、玲子の方から二人を見つけて近づいてきた。

(やっぱりな)

妖艶な笑みを湛える玲子の肌が艶々している。男の精気を吸い取ったかのような生命力を発散しているのだ。

「どうだった？」

そう問いかけたとき、春彦は急に喉がカラカラになったと感じた。声がかすれているのだ。

「どうって……すごかったよ。牧原君すごくエッチなの。後は車の中でね。こんなに人通りの多い場所では言えないわ」

春彦はただうなずいたが、

「そりゃそうだ」

と横の梶が代わりに答えてくれた。


梶のマンションで再生の準備をする間も楽しくて三人は高揚した。ちょっとした冗談がすごくうける。

梶は飲み物と軽食まで用意してくれていた。これで今夜の鈴木家は夕食の心配がいらなくなった。

それぞれ飲み物のグラスを手にして、この前のように自分用の一人掛けソファに梶が座り、三人掛けのソファに夫婦で座る。

「ジャジャーン、『同級生卒業後十七年目の不倫』」

テンションを高めた梶がビデオの再生と同時にＩＣレコーダーの録音もスピーカーから流

す。

カメラは窓側にあった比較的背の高いテーブルの上に置かれていた。窓を背にしているから光線は申し分ない。

画面にはベッドが横向きに映っている。右の壁に枕側が接している状態だ。左側の奥に部屋の入口に向かう短い廊下が映っており、途中右側にはバスルームがあるはずだ。入口とバスルームは残念ながら角度の関係で映っていない。廊下左側のクローゼットはぎりぎり画面に入っているが、その手前のテレビは画面から切れている。

つまりは部屋全体がほぼ見渡せている状態だ。

「このアングル、上出来でしょう？」

梶が得意げに言う。確かに途中でカメラを操作できない条件ではこれ以上は望めないだろう。

〈ピッ……カチャ〉

ドアが開く音がした。不思議なもので画面に映っていないところからでも人の気配が伝わってくる。

〈『いい部屋だね』

『そうね、景色もいいし』〉

玲子が先に部屋に入ってきた。窓辺に寄った玲子が一旦画面から消える。

後から来た牧原が同じコースを通って画面から消えた。

「窓辺でキスされたの」

いきなり肝心なところが映っていないわけだ。

しかし、当の玲子がカメラのアングルを意識しているので、キスをしながら二人が画面に現れ、ベッドにそのまま倒れこんだ。

ベッドの横から倒れこんだために、二人の足元が画面の手前に来ている。右が牧原で左が玲子だ。

「お、いいね、いいね」

梶がふざけたような声を上げたが、実際は興奮しているトーンを隠せない。

春彦も下腹が熱くなった。妻の不倫現場を覗いているのだ。お互い承知の上での梶との映像とは事情がまったく違う。

牧原はスーツを着たまま、玲子も家を出た姿のままで、横向きになってしっかり抱き合い、互いの背中を両手でまさぐっている。

〈チュパッ……チュ……〉

二人の唇が発する音もビデオのマイクではなく、ベッドにより近いＩＣレコーダーで拾っているので鮮明だ。

キスをしながら、玲子の手が牧原のズボンの前を撫で始めた。

「立ってる」

梶が指摘した。確かに玲子の手が上下するズボンの部分に、棒状のものがくっきり浮かび上がっている。

二人の口は互いの唇と舌で塞がれているために一切会話はない。

春彦お気に入りの、黒地に明るい花柄をあしらった玲子のフレアスカートが徐々に捲れてきた。

太腿が露わになった。その太腿を撫でた牧原の左手がスカートの中に入り、そのまま捲り上げていく。

(来る、来る)

ワクワクする瞬間だ。これはなんだろう。子供のころに友だちを驚かそうと待ち構えているときの気分に似ている。

「ホホウッ！」

梶が奇妙な声を上げた。

牧原の手が玲子の腰の辺りまでスカートを捲くり上げ、ノーパンの尻が現れたのだ。

〈『ンン？』〉

牧原が驚いて唇を離した。左手がパンティではなく、裸の尻に触れたからだろう。

〈『シマッチ……』

『どう？』〉

玲子はそのまま斜めにM字を作るように両足を広げている。

「玲子ちゃん、これカメラ意識してたの？」

と梶が問うと、

「もちろん」

短い答えが二人の男の感嘆のため息を誘った。

画面の中でも牧原がため息を吐き、露出された玲子の股間に手を伸ばし顔を近づけている。

やがて、太腿の内側を舐め始めた牧原はそのまま中心に向かって舐め続け、ついに玲子の無毛のドテに舌が辿《たど》り着いた。

それがすべて正面からの画面に収められている。まるで演出家がカメラのそばで指示しているようだ。

〈『あああ……だめえ……』〉

玲子のガーターベルトに囲まれた股間が完全に牧原の後頭部に隠れた。

スーツ姿の男が人妻の性器を舐めている。シュールな絵画のようだ。

玲子が上半身を起こした。牧原の頭が玲子の股間から離れる。

攻守交代だ。玲子はズボンのチャックを下ろし、硬くしこった肉棒を引き出した。天井を指すそれに上から唇を被せていく。

〈『ああ……まだシャワー浴びてないよ』〉

牧原がそう告げると、玲子はいやいやをするように頭を振って気にするなと伝える。

高級スーツから肉棒だけを出してしゃぶらせる。それも高校時代のマドンナにだ。

牧原は今のこの自分の姿を同級生の男たちに見せたいに違いない。

〈『ムムーッ……』〉

玲子がフェラを続けたまま呻いた。

牧原が玲子の尻の方から回した手で肉溝への愛撫を再開したのだ。

「これはいい。いいねえ」

梶がまた感嘆の声を上げた。男女の性器が画面に姿を見せている。それもそれぞれ口と指の愛撫を受けて高まっているところだ。

玲子は肉棒をくわえて頭を上下させている。その玲子の背中側に上半身を横たえた牧原の顔は見えない。

〈『あ……あ……ああ……』〉

玲子が肉棒から口を離してよがる。牧原が愛撫のピッチを上げたのだ。

〈『あ……あ……ダメ……牧原君、スーツが皺になるわ。汚れるし』〉

それが第一ピリオド終了のホイッスルになった。

二人は立ち上がり、服を脱ぎ始める。

〈『シャワー浴びるでしょう?』

『うん。一緒に浴びよう』

『いいわよ……ねえ、この下着気に入った?』

『うん。当たり前だよ。いつもこんなのつけてるの?』

『そんなわけないわ。あなたのためよ』〉

この会話の間に、牧原は全裸になりクローゼットのハンガーにスーツをかけ終わった。玲子もほとんど脱ぎ終わり、残っているのはガーターベルトとストッキングだけだ。

ブラジャーも取り去って、豊かな乳房を何かの動作のたびに上下させている。

「この画面に映ってないけど、クローゼットの奥は全面鏡になってたの。気づいてた?」

玲子に問われて、春彦の記憶に甦るものがあった。確かにあの部屋のクローゼットの奥の壁は鏡張りだった。クローゼットの天井には照明もついていて、廊下の照明と合わせて鮮明に自分の姿をチェックできるのだ。

あなたのため、という玲子のセリフは牧原を感激させた上に、興奮を高めたようだ。

全裸の牧原はごく少ない黒で縁取られた玲子の白い肉体を、クローゼットの前で抱いた。

激しいディープキスを交わした後、乳房にむしゃぶりつく。

「わかる？　クローゼットの引き戸が開いているでしょう。彼、私のオッパイ吸っている自分を見ているの」

確かに、牧原の体はクローゼットに向いており、玲子は横向きに抱かれて、体の正面がこちらに向いている。

〈『あ……いい……ああ……』〉

牧原は乳房を吸いながら、指を玲子の肉溝に這わせている。指を中に入れてかき回しているようだ。

玲子も牧原の肉棒を握りしごき始める。

「すごく硬かったのよ、このとき」

玲子はそう言いながら、すごいでしょ？　とでも言うように春彦に身を寄せてきた。

春彦の頭の中は真夏の太陽を見上げている状態だ。視覚が脳を直接熱している。目に見えているすべてが心臓を直撃する。

〈『シマッチ、お尻からだ』〉

牧原が立ったままの挿入を決意した。

玲子が見事だったのは、入口側でなく、カメラ側に顔を向けて牧原に尻を差し出したことだ。いずれにしろ挿入部分は見えないから、観客の見たいのは男女の顔だ。

玲子の右手はクローゼットの角を持ち、左手はバスルーム側の壁について体を支えている。玲子の顔のすぐ上に後ろに立つ牧原の顔がある。その目は下を見ている。おのれの肉棒か、玲子の尻、あるいはその両方を見ているのだろう。

「これもいい絵だ」

梶の声はトーンが落ちてきた。真剣さが増しているのだ。

〈『あ、あ……いい……ああ牧原君、入ってくる……ああ……いいわあ』〉

玲子の声と牧原の動きがマッチしている。挿入の瞬間と根元まで収めきったタイミングがわかる。

〈『すごくいいよ、シマッチ……セクシーだ……シマッチは？……どう？』

『素敵よ、牧原君……気持ちいいわ……』

『俺、この前からずっとこのことばかり考えてた……シマッチは……』

『私もよ……このことばかり……』

『このことって？』

『牧原君のチンポ』

『俺もシマッチのオメコのことばかり……』〉

盛り上がってきたところで、

「やっぱり関西の男はオメコって言うな」

と梶が話の腰を折ったが、声は真剣で、意識が思わず口から漏れたらしい。

〈『ほんとに？　ほんとに私のことばかり考えてた？』

『うん、本当だよ。たまらないもん、このオメコ……』

『私もよ……たまらない……』〉

牧原は自分の右側を見ている。鏡のある方だ。

〈『シマッチ……ほら見てごらん……見えるだろ？』

『……うん……見える』

『……こうして』〉

牧原は一旦抜いてから玲子をクローゼットの奥に向かせた。後ろから玲子の左足の膝あたりを持って持ち上げる。

玲子はバランスを崩しかけて、たまらず右手で開ききったクローゼットの引き戸につかまる。おそらく奥にある鏡には、卑猥なＹ字バランスをしているガーターベルト姿の玲子が映っているだろう。

牧原はその状態で後ろから挿入した。玲子の左腕は牧原の首に絡み、Ｙ字から男と女で作る卍になったはずだ。

〈『ほら……これだともっとよく見える』

『ああ……ほんとだ……』

『シマッチも見える？』

『見える』

『何が見えるか言って』

『……牧原君のチンポが……入ってる』

『どこに？』

『玲子のあそこに』

『オメコだろ？』

『そう……牧原君の大きなチンポが……玲子のオメコに……ああ……入ってる……あ』〉

牧原の顔は上気している。最高の興奮だろう。ゆっくりと腰を動かし、かつての自分たちのマドンナ、島田玲子を征服していることを確認しているのだ。

「悪いやつやなあ、牧原」

梶が呟く。

「ええ、やりますよ、こいつは」

まるで独り言が飛び交うような会話だ。

〈『すごいねえ……あんなに真面目だったシマッチのオメコに俺のチンポがハマってる』

『……牧原君も……真面目だったじゃない』

『表向きはね……高校のときから思ってたんだ……島田玲子のオメコにハメたいって』

『あ……ああ……いやらしい……』〉

玲子が首を捻って牧原の唇を求めるのがわかる。

「彼、キスしてても鏡見てたわ」

つまり牧原は鏡の中に、立ちバックで犯しながら玲子に口づけを求められている自分の姿を見ているのだ。妄想を超えたエロチックな絵だろう。

〈『ああ、嬉しいよ、シマッチ……』

『私もよ……私も嬉しいわ……』

『嬉しいの？　こんなことされて嬉しいの』

『そうよ……嬉しい』

『何が嬉しいか言ってよ、シマッチ』

『牧原君とオメコできて嬉しい』

『あ……ダメだ』〉

牧原が玲子の体から離れた。

イキかけたらしい。自分の肉棒を握って何かに耐えるように体を硬直させている。

玲子も無理な姿勢から解放されてまっすぐに立ち、大きく息を吐く。呼吸のたびにたわわな乳房が揺れる。

画面の中の二人は、少し冷静さを取り戻し、バスルームに先に牧原が入り、玲子はガーターベルトとストッキングを脱いでそれに続いた。

「高校時代の恋愛が純愛だなんて嘘だな」

こちらも少し冷静になって梶が言った。

「まあ、自分のことを思い出してもそうかもしれませんね。小学生のころから性欲らしきものがありましたもん」

春彦が回想すると、

「あら、そうなの？」

玲子が少し呆れてみせた。

「そうだと思うよ」

春彦は正直に答える。

「そうさ。鈴木さんだけじゃないよ。男はみんなそうだ。今の聞いたかい。牧原の奴、高校時代は優等生だったのに、頭の中じゃ、玲子ちゃんにチンポ突っ込むことを妄想してたんだよ」

梶が弁護してくれなくとも、今の玲子は男の本音を理解している。

画面にしばらく誰も映らないが、レコーダーに録られたバスルームの中の音だけは鮮明に聞こえる。

〈『洗ってあげるわ……立派ね』

『気持ちいいよ……俺も洗ってあげよう』

『……そこ好きなの？　牧原君』

『シマッチのすべてが好きだ』

『でもそこに興味があるみたいじゃない』

『……そうだね……興味あるかな……』〉

映像がない分、意味深な会話だ。

「尻の穴のことを言ってるな」

梶の推理は特別鋭いとは言えないだろう。ちゃんと会話を聞けば誰にでもわかる。

「そうよ。牧原君、すごく熱心にお尻の穴を洗ってくれたの」

玲子は自分の肛門が男を引きつけることもわかってきている。

「どんな風にして肛門を洗ってくれた？」

春彦は具体的なポーズを思い浮かべずにはいられない。玲子の解説が必要だ。

「最初にボディシャンプーを手にとってお互いの体に塗り合ったの。泡だってきてから二人で抱き合って体をすり合わせた。お互いの両手が背中をツルツルさすって、そのうちお尻の谷間に手が入ってきたわ。そしてお尻の穴を指で押すようにして洗ってくれたの。今シャワーの音だけで会話が聞こえないでしょう？　ずっとキスしてるのよ」

しばらくするとバスタオルで体を拭き終わった二人が出てきた。

牧原が冷蔵庫からミネラルウォーターを出して飲み、玲子が近寄っていく。

〈『飲ませて』〉

そう言われた牧原がペットボトルを渡そうとすると、

〈『そうじゃなくて』〉

口移しを求める。

「私もずいぶん梶さんに影響受けたわ」

照れる風もなく玲子が言った。

全裸の男女が立ったまま抱き合ってキスする。水が一筋、玲子の口からこぼれ頬を伝わっていく。

再びベッドに戻る。

今度はちゃんと枕に頭をのせ、全裸で横たわって抱き合う。

手前に玲子が寝ているおかげで、その背中と尻が画面を大きく占めている。

枕元のレコーダーは囁くような声まで確実に拾っている。キスの音が生々しい。

〈『ム……ム……おいしいよ、シマッチのキス』

『牧原君も……おいしいわ』

『……夢みたいだよ……』

『今日で二回目よ。夢じゃないわ』

『だって、シマッチと真っ裸で抱き合ってキスしてるんだよ……やっぱり夢みたいだよ』

『そうかしら?』

『そうだよ……それに真昼間っていうのもいいよね。青空が見えてる中でシマッチを抱くなんて』

『気持ちいいわね』

『さっきすごかったね』
『ガーターベルト？』
『それもだけど、鏡で見たあれだよ』
『フフフ、いやらしかったわ』
『あの図を思い出しただけで立っちまう……ほら』
『ほんとだ……硬い……』
『さっきの写真に撮りたかったな』
『撮れば？』
『ほんと？　いいの？』
『いいわよ』
『じゃ、この次デジカメを持ってこようかな』
『その代わり、私にも画像送ってよ』〉
玲子は巧みに牧原を誘導している。
「男の考えることは誰しも同じだな」
梶はどことなく安心したような口調で言った。
画面からはしばらく男と女の荒い息しか聞こえてこなくなった。

エロティックな接吻を続けながら互いの性器をまさぐる二人。

やがて、牧原の方が身を起こし、玲子に股を開かせて顔を近づけ、指で肉溝を責め続ける。

きっと牧原は、捕らえたトンボやカマキリを残酷にいたぶる腕白坊主の目をしているに違いない。

〈『ああ……いい……あ、あ……ダメよお、牧原君……ウ……ウ……イキそう』

『イっていいよ』

『ダメエ……あ……あん……ウ』〉

玲子は必死に耐えている。

「Gスポットを責めてるな」

梶は身を乗り出すようにして画面を凝視している。牧原の手元が気になるようだ。

「そうよ。Gスポットに当たってた」

玲子が冷静な声で証言する。

〈『ああ……ダメダメ、牧原君……ダメよ、あ……もうイキそう……』

『イって。イクとき教えてよ……』

『ダメだって、牧原君……お願い……許して……あ』〉

牧原は激しく手首から先を動かしている。玲子は手を口に当てて上半身をのけぞらせた。

呼吸も止まっているようだ。

〈『あ……あ……イク……イク』〉

「おおー」

春彦と梶が同時に声を上げた。

硬直した玲子の股間からピュッと潮が吹いたのだ。

一瞬放物線が見えたが、その直後に牧原がそこに口をつけた。

「飲んでる」

そういう梶の声に羨望の色が濃い。

春彦は隣の玲子と目が合った。さすがにその瞳は羞恥の色を湛えている。

画面の中の玲子はしばらく全身をけいれんさせている。

〈『入れて……牧原君』〉

泣いている声で玲子が言う。発声する力を失っているようだ。

〈『欲しいの？』〉

勝ち誇ったように牧原が言った。

「いやな奴だな」

と一度非難した梶は、

「男なら誰でもこうじゃないですか？」
と春彦が言うと、
「そうだな」
とあっさり認めた。
〈『うう……ん……入れてえ……入れてえ』
『何を？』
『牧原君のチンポ』
『チンポか？』
『うん……チンポ入れてえ』〉
全身脱力してM字に股を広げている玲子に牧原が乗る。
玲子の手が肉棒を求めて宙をさまよい、やっと捕まえて自分の肉壺に導いた。
牧原の方は自分では手を使わずに腰を進めるだけだ。
〈『あ、ああ……いい……』
『気持ちいい？』
『うん……いい』〉
正上位でゆっくり腰を使い始める牧原。

玲子は牧原の背中を抱き、その耳元でエロティックなよがり声を上げている。

〈『ああ……いい……お尻持って……広げて……いいわあ』〉

夜毎春彦に求めているのと同じことを牧原に求めてよがる玲子。

本気だ。

本気でよがっている。

快感が高まってくると二人は熱烈な接吻を始めた。

「本気だね、これは」

梶が感じたままを口にした。

「そう見える？」

玲子が春彦に問いかける。

「そう見えるさ」

夫から妻への最高のほめ言葉だ。

しばらくそのままの体位で楽しんでいた二人だが、やがて玲子が体を起こし対面座位になった。

腰を振りながらの接吻は続く。この体位の方がキスはよりはっきり見える。

次に牧原が後ろに倒れ、そのまま上になって玲子は尻を振り続ける。

「騎乗位とはよく言ったね。玲子ちゃん本当に馬にまたがってる動きだよ」

牧原が下から手を伸ばして玲子の乳房を揉む。

やはりビデオカメラも二台必要だったかもしれない。顔の表情が見えなかったりして、結構もどかしい思いをするのだ。

(これだと挿入部分も見えないしな)

これまでの映像に比べるとソフト過ぎる。

しかし、映像の中の二人はますます高まっている。

〈『どう？　こうするとどうなの？』

『すごい……すごいよ……』

『見える？』

『見えるよ……シマッチのオメコに俺のがハマってるのがはっきり』

『いやらしい？』

『いやらしいよ……』〉

玲子は腰を振りながら牧原を言葉でさいなんでいる。反撃に出たつもりだったのかもしれない。

玲子の動きが止まった。

〈『……後ろからして』〉
そう言い、牧原の体から降りる。
牧原が身を起こすと、その前にまわり尻を差し出す。
「ネコのポーズだね」
たまにはヨガのクラスにも出るという梶が指摘した。
玲子のこのポーズは春彦も好きだ。興奮する。
肩をベッドにつけ尻だけもたげたポーズ。
まるで玲子という人格がなくなって、卑猥な尻だけがそこに存在しているようなのだ。
目の前にあるのは重量感のある尻肉、可憐な肛門、その下にあるピンクの肉溝。
画面の中の牧原はそれを凝視しているはずだ。
牧原が尻を撫で始めた。
〈ペタ……ペタ……バシッ……ペタ〉
撫でながら軽く叩いたり、ビンタを張るように強く叩いたりを繰り返す。
やがて牧原は肉棒を尻肉に叩きつけ始めた。叩くうちに肉棒が硬度を増す。
〈『あ……あ……』〉
尻肉を乱暴にぶたれて玲子も感じるようだ。

牧原が挿入動作に入った。左手で尻をおさえ、右手を肉棒にそえて狙いをつける。後は腰を前に出すだけだ。

〈『ああ……いい……』

『フム……』

『ああいい……気持ちいい……ああ入ったわ。いっぱいになってる……牧原君動いて……あ……ああ……当たってる……あ……あ……あああ……いい……いいの……ああ……』〉

玲子は髪を振り乱してよがる。

両手で自分の尻肉を割り開くように持ち、より深い挿入を求めている。

結婚した当初から彼女はこの体位を好んだものだ。

一方、牧原は目の前の真っ白い尻を憎んでいるかのように無言で激しく腰を使う。

「セックスはやっぱり女の方が気持ちいいんだなあ」

これを見たすべての男は梶と同じ感想を持つことだろう。

感じてきた玲子は再び脱力状態になったようだ。尻がどんどん落ちてきて、ついにはうつ伏せに横たわる玲子を牧原が体を重ねて突き続ける。

牧原は獲物を仕留めた肉食獣の心境にあるに違いない。玲子の甘いよがり声が聞こえなければ虐待に見える。

〈『ああーあああ……ああー』〉

玲子の声が長く尾を引いた。降伏である。

部屋中に響いていた、

〈パン……パン……〉

という肉のぶつかる音も消え、代わりに、

〈ハア……ハア……〉

という荒い息のハーモニーだけが残った。

うつ伏せのまま桃源郷をさまよう玲子の横に牧原が仰向けに横たわる。

牧原の表情には何かの達成感が現れている。指でだけでなく、肉棒でも玲子を屈服させたのだ。

牧原は額に腕を当て、もう片方の手を玲子の尻の上の置いて休憩している。

〈『すごくよかった』〉

うつ伏せのまま牧原の方に首を捻って玲子が言うと、

〈『旦那とどっちがいい？』〉

牧原が意地悪く尋ねた。

これは「寝取られ計画」進行中のときに、何度も話した問いだ。いわば想定問答集の一ページめに大書してあるのだ。

〈『もちろん牧原君よ』

『本当に？』

『本当よ。旦那よりいいわ』

『俺のチンポの方が旦那より感じるの？』

『感じるわ』

『ちゃんと言って』

『旦那のチンポより牧原君のチンポをハメられたときの方が感じるわ』

『……すごいね』

『何？　自分で聞いといて』

『俺もそうだよ。女房なんか問題にならない。シマッチのオメコ最高だよ』

『本当？』

『本当さ』

『嬉しいわ』

『俺も嬉しいよ……ねえ、シマッチ……ここ……』

『いやん』

『……ここなんだけど』
『お尻の穴？』
『そう……本当に使ったことない？』
『ないわよ……牧原君あるの？　アナルセックスの経験』
『俺もないけど……じゃあシマッチのここは処女なんだね？』
『うん』
『俺にくれないか？　ここの処女』
『お尻にしたいの？』〉
（ほーら来た）
と春彦は思っていた。梶も今そう思っているに違いない。
しかし、ここで茶化す余裕はなかった。重要な場面だ。
〈『うん。俺は、昔の自分の勇気のなさを後悔してるんだけど取り返したいんだ』
『アナルセックスで？』
『そう。君の初めての男になりたいんだ』〉
牧原の口調は真剣そのものだ。
「泣かせるじゃないか。ええ話や」

梶が久々に笑った。

「やめて梶さん。牧原君は真剣なんだから」

玲子が牧原の肩を持ったことが春彦の胸を酸っぱくさせる。

〈『だめかな？』

『したことないんでしょう？　ちょっと怖いわ』

『大丈夫。いろいろ調べてきて、必要なものも用意してある』

『必要なものって？』

『専用のローションとかだよ』

『……じゃあいいわよ』

『いいんだね？』

『私のお尻をあげる』〉

画面の中と同じぐらいにそれを見つめるリビングも盛り上がる。

「やるなあ。玲子ちゃん演技派だね」

「ふつうにやりとりしただけよ。積極的な嘘をつくわけじゃないし」

玲子は演技していると思われるのが心外なようだ。

画面の中では胡坐《あぐら》をかいた牧原がうつ伏せになったままの玲子の尻をピシャピシャと叩い

ている。

片手に持っているのが用意してきたローションの容器らしい。

〈『シマッチ、さっきみたいに開いて』〉

牧原は後背位で玲子が好んでした行為を求めた。

玲子は素直に両手で自分の尻肉を摑み、肛門を空気にさらすように開いている。

うつ伏せで寝たままの玲子は全身リラックスしているはずだ。

牧原は指にとったローションを肛門周辺に塗り始めた。指先が円を描いているのが画面でもわかる。

何度も指にローションをとる牧原。確かに本かネットの情報でアナルセックスについて勉強したようだ。やがて円を描いていた牧原の指先が止まるとその円の中心を押すようにした。

指を入れたのだろう。

「指を入れられたところよ」

玲子は映像と自分の記憶を照らし合わせている。

〈『平気？』

『……平気よ……』

『……大丈夫？　痛くない？』

『痛くないわ……あ、あん』〉
梶が笑う。
「ダメだろ、玲子ちゃん。尻が初めての女がよがっちゃ」
「だって感じたんだもの」
玲子を見ると本気で恥じらっていた。ここが女心の不思議なところだ。
〈『……大丈夫だね？』
『うん』
『……じゃ、これは？』
『……え？』
『これも平気？』
『平気』
『今指二本入ってるんだけど、平気なんだね？』
『うん……痛くないわ』
『そう。指二本入ればふつうの男のものなら入るって書いてあったよ』
『そうなの？』
『シマッチ、お尻を上げて』〉

玲子は再びネコのポーズになった。

その尻に向かって立つ牧原が、自分の肉棒にスキンをつけ、しごくようにしてローションを塗り込めている。

牧原が腰を下ろす。中腰になって肉棒の狙いをつけている。

横からなので見えにくいが、牧原は自分の先端を玲子の肛門に当てたようだ。中腰のままクイッと尻を押し出す。

〈『あ……入った……入ったよ、シマッチ』

『うん』

『痛くない？』

『痛くないわ』

『ゆっくり入れるからね。痛かったら言って』

『うん』

『……あ……あ』

『痛い？』

『大丈夫』

『……入った。根元まで入ったよ。すごい』

『ほんと？』

『うん。入ってるんだよ。痛くないよね？』

『痛くないわよ。平気』

『どんな感じ？　前と違う？』

『ううん……前に入ってるみたいよ』

『そうなんだ……嬉しいよ。俺がシマッチのお尻の処女をもらったんだね』

『そうよ。牧原君が初めての男よ』

『動いていい？』

『動いて』

『痛かったらやめるからね』〉

牧原は中腰のままゆっくり腰を引いた。またゆっくりと腰を進める。

テンポがアップしてくる。

玲子の肛門は梶の巨根を呑み込めるのだ。牧原の気遣いはこの際滑稽でもあるが、彼の優しさは春彦にも嬉しかった。この男は本気で玲子のことを想っている。

〈『すごい……前と変わらないよ。いい……いいよ、シマッチ……最高だ』

『ほんと？　私のお尻いいの？』

『いいよ……ああ……いい』

『……ああ……もっと動いて牧原君……私もいいわ……』

『え？　シマッチも気持ちいいの？』

『いいわ……だからもっと動いて……ああ……いい』〉

玲子が尻の穴でも感じていることで、牧原は有頂天になっている。中腰で腰を突き出す動作が犬の交尾のようだ。

〈『牧原君……前からして』

『え？　前から？』

『そう。前からお尻に入れて』〉

たぶん牧原が想像していた玲子とのアナルセックスは、玲子が耐えるだけの儀式のようなものだったのだろう。ここまで玲子が積極的になるとは夢にも思わなかったに違いない。

一度抜いて、二人の絡みが解ける。

〈『牧原君、コンドームしてたの？』〉

抜いたものを見て玲子は初めてそれに気づいたようだ。

〈『うん。そう書いてあったんだ。病気のこともあるしね』

『それをとって』

『コンドームなしでってこと？』
『そう。妊娠の心配ないんだから、中に出してほしいの』〉
これも夫婦で相談して決めていたことである。もしも肛門を求められたら中に出させる。
〈『本当にいいの？』
『そうよ。中に出して』〉
牧原の高揚が画面から伝わってくる。
憧れのマドンナの体内に射精できるのだ。
言われたとおりコンドームをとろうとする牧原だが、毛がからまってなかなかスムースにとれない。
やっととれたときには牧原の肉棒は硬度を少し失っていた。
アナルセックスでは男の側の硬度は絶対条件だ。牧原は膝立ちであせって肉棒をしごく。
すると、玲子が牧原の持つ肉棒の先端をパクッとくわえた。
〈『ああ……シマッチいいの？　君のお尻に入れてたんだよ』
『……コンドームつけてたから汚くないわ』〉
画面のほぼ真ん中で、玲子が他の男の肉棒に舌を這わせている。ねっとりと、これ以上愛しいものなどないといった風情だ。

春彦のハートと下半身に冷水が浴びせられた。そしてそのために熱くなった。

牧原の肉棒が勢いを取り戻すのは簡単だった。ほとんど天井を向いたのを確かめて、玲子が両足を広げて仰臥する。

牧原は肉棒に塗ろうとローションを探したが、

〈『塗らなくても大丈夫よ。来て』〉

玲子が自分の膝の裏側を両手で持ち、グッと尻を天井に向けるように持ち上げて誘った。

男なら冷静でいられない光景だろう。

牧原が膝で進む。

玲子の肛門は天井を見ている。そこに肉棒の先端を当て、真上から突き刺すように全体重をかけて腰を落とす。

〈『あ……あああ……いいわあ……いいわ牧原君……もっと奥まで入れて』

『ああ……俺もいいよ……すごい……吸い込まれそうだ』

『待って……動かないで……ああ、入ってる』

『入ったよ。根元まで入った……これ以上は入らない』

『いいわあ……』

『本当にいい？　気持ちいい？』

『気持ちいいわ……』

『お尻の穴だよ』

『そうよ、お尻の穴よ』

『肛門だ』

『肛門』

『シマッチの肛門だ』

『そうよ』

『島田玲子の肛門を犯してる……この俺が』

『嬉しい？』

『嬉しいよ……最高だよ』

『牧原君動いて』

『うん』〉

牧原は完全に上下のピストン運動を始めた。肉棒は姿を現しては、また玲子の尻の穴に姿を没していく。

〈『見えるわ……ねえ見て牧原君』

『ああ、見える』

『あなたのチンポが私の肛門に入ってるわ』
『ああ……シマッチ……幸せだ……』
『私もよ、幸せだわ』
『ああ……いいよ……気持ちいい』
『私もいいわ……あ、ああ』
『……いい……いいんだよシマッチ……気持ちいいんだ』
『いい……あ……あ……いい』
『イっていいかい？』
『来て、牧原君……』
『中に出すよ』
『出して……いっぱい出して』
『あ……あ、う……シマッチ』
『牧原君』
『うう……シマッチ』
『牧原君』
『イク』

『来て』〉

最後の数回はストロークも大きくピッチも上がっていたが、名前を呼び合った直後に牧原が反り返るように腰を突き出すと、玲子がそれにすがりついて猛烈な接吻を交わしたまま二人は動かなくなった。

〈『……シマッチ……』

『……牧原君……』

『すごい……最高だった』

『最高よ、あなたのチンポ』

『シマッチのオメコも肛門も最高だ』

『私もお尻で感じたわ』

『愛してるよ』

『……愛してるわ』〉

二人の体勢は変わらない。二つ折りになった玲子に牧原が重なっている。

再びディープキスを交わす二人。

春彦も梶も口を開かなかった。

どんなポルノビデオでもこの迫力は出せないのではなかろうか。春彦にとっては間違いなくそうだ。

最後の会話の部分も想定していた。相手の男が、

「愛している」

と言えば、相手の欲しがる答えを返す。

夫公認の浮気なのだ。相手の男とそういう会話を交わしても何も変わることはない。

「すごいねえ……ケダモノだ」

梶がやっと口を開いた。

「何言ってるの。梶さんもケダモノよ。というか牧原君なんて可愛いものだわ。梶さんと比べたら」

玲子は容赦ない。

「はいはい、ごめんね。私もケダモノです。……鈴木さん、ここで一旦止めましょう」

「そうですね。休憩しましょう」

春彦の頭は芯の方まで熱くなっていた。冷却しないと機能しない。

少し飲み食いの時間も必要だ。

ビデオの映像がなくなると、急に空気が緩んだ。

「今日、彼は何回射精したの？」

梶が玲子に尋ねた。

「この一回よ」

玲子がさらりと答える。

「前回は一晩で三回だったよね？　一か月ぶりだからもっと溜まってると思ったのに」

意外に思った春彦がそう言うと、

「だから一回でたくさん出したんじゃない？」

玲子の言うように、三回に分けて出すものを一回で出せるものだろうか。

「ま、男が何回射精しようが、玲子ちゃんが満足すればいいんじゃないの。ね、玲子ちゃん、今日は満足したでしょう？」

梶はあくまで玲子主体に考えてくれている。だが玲子は少し考えると、

「そうでもないわ」

と男二人が驚く回答をした。

確か二回は玲子は絶頂を迎えたはずだ。全裸で三時間以上牧原と絡み合い、すべての穴に肉棒を迎え、最後には直腸にたっぷり精液を注入されたではないか。

「ねえ、ほんとに三回分の精液か確かめたくない？　これから出すの彼の精液」

「え？　まだ入れたままなのか？」

「そうよ。あなた言ってたじゃない。中に出された精液を家まで持って帰ってほしいって」

玲子は服を脱ぎ始めた。

スカートを脱ぐとパンティはなく、黒のガーターベルトとストッキングが現れた。

ブラジャーをとると、胸に牧原がつけたらしいキスマークがある。

玲子はガーターベルトとストッキングだけの姿で男たちに背中を向けた。

首を捻って二人の方に振り向きながら、ゆっくり両手で尻肉を開く。さんざん牧原の肉棒に蹂躙されたのに、今はキュッと引き締まっている肛門が顔を見せた。

「ここに入ってるの牧原君の精液。あなた出すところ見たいでしょう？」

「ああ」

「梶さんは？　見る？」

「み、見せてもらえるかな……」

「見せてあげるわ。どうするここで出す？　そうだわ。オシッコもしたいから、梶さん、ここで飲んで。こぼしちゃだめよ。あなたのリビングが汚れるから」

「わかった。飲ませてください」

「そのあとで、また二人でして。ここと前の方に一度に欲しいの。そうでないと満足できないわ」

「わかった」
最後は男二人同時に答えた。
梶が服を脱ぎ始めた。
春彦も全裸にならなければ。
服を脱ごうとした春彦は玲子と目が合った。その瞬間、玲子は自然に微笑んだ。
それは春彦が結婚式で見た、はにかんだ花嫁の微笑みだった。

この作品は書き下ろしです。原稿枚数370枚（400字詰め）。

幻冬舎アウトロー文庫

●最新刊
窓から見える小さな空
少年鑑別所の少女の叫び
西街　守

大人に傷つけられて苦しむ少女たちを救いたくて、少年鑑別所の法務教官になった僕は、14歳で妖艶な瞳と不敵な笑みを持つありすに出会い、過去の傷に負けない強さを知る。愛と再生の物語。

●最新刊
個人教授
牧村　僚

「今日は前の方も洗ってもらおうかな」。ゆるやかに開かれたふともも、淡いピンク色の乳暈。夢のような光景の中、姉の手に導かれ、初めて僕は射精した――。禁断の性愛を描いた癒し系相姦小説!!

●最新刊
完全なる飼育
――メイド、for you――
松田美智子

週に一度憧れのメイド、苺に会うことが生き甲斐の椛島亘は、ある日勤めるマンガ喫茶で倒れている苺を見つける。介抱するため鍵のかかる個室に移動させた亘の胸に独占したい欲望が芽生え……。

●最新刊
蜜色の秘書室
水無月詩歌

東海林部長の専属秘書に抜擢されたある夜、突然濃厚な口づけをされ、頭の中が真っ白になる純奈。ねっとりと臀部をなで回され、快感のうねりに我を忘れた純奈の吐息が夜の秘書室に満ちていく。

●最新刊
地下室
吉沢　華

ホテル王の娘・瑠璃子はある日、レストランのオーナー立花から地下にあるＶＩＰルームに招待される。しかしそこで目にしたのは、数人の男女があられもない姿で絡み合う痴態だった――。

GENTOSHA OUTLAW BUNKO

蜜妻《みつづま》乱《みだ》れ咲《ざ》く

扇《おうぎ》千《せん》里《り》

平成21年12月5日　初版発行

発行人――石原正康
編集人――菊地朱雅子
発行所――株式会社幻冬舎
〒151-0051東京都渋谷区千駄ヶ谷4-9-7
電話　03(5411)6222(営業)
　　　03(5411)6211(編集)
　　振替00120-8-767643
印刷・製本―図書印刷株式会社
装丁者――高橋雅之

幻冬舎アウトロー文庫

ISBN978-4-344-41406-8　C0193　　O-100-2